爷爷和我

俊朗爸爸

漂亮妈妈

初中毕业

初为人师

笛声悠扬

经验介绍

塞外游学

电大任教

甄老吾师

同门共贺

学术讲座

儿子大了

孙女开馨

学院调研

名家荟萃

师徒合作

切磋琢磨

书生为范

前辈道义

收获时刻

班子研讨

畅想未来

大家永新

访学美国

披红戴花

致敬亲朋
致敬师友
致敬人生

致敬，六十年

陈自鹏◎编著

中国书籍出版社
China Book Press

图书在版编目（CIP）数据

致敬，六十年 / 陈自鹏编著 .-- 北京：中国书籍
出版社，2019.7

ISBN 978-7-5068-7331-4

Ⅰ.①致… Ⅱ.①陈… Ⅲ.①散文集—中国—当代
Ⅳ.① I267

中国版本图书馆 CIP 数据核字（2019）第 124052 号

致敬，六十年

陈自鹏　编著

责任编辑	周　鑫　张　文
责任印制	孙马飞　马　芝
封面设计	中联华文
出版发行	中国书籍出版社
地　　址	北京市丰台区三路居路 97 号（邮编：100073）
电　　话	（010）52257143（总编室）　（010）52257140（发行部）
电子邮箱	eo@chinabp.com.cn
经　　销	全国新华书店
印　　刷	三河市华东印刷有限公司
开　　本	710 毫米 × 1000 毫米
字　　数	222 千字
印　　张	15.5
版　　次	2019 年 7 月第 1 版　2019 年 7 月第 1 次印刷
书　　号	ISBN 978-7-5068-7331-4
定　　价	58.00 元

感恩六十年（自序）

曲曲折折、磕磕绊绊、孜孜矻矻竟走过了一甲子。60年走过，别的大都忘了，只剩下一份份感恩。

首先，我感恩生命的顽强。妈妈生下我6个月后，由于历史原因离开了家，留下襁褓之中的我不得不跟着生活本来就没有着落的爷爷、爸爸村东吃一口，村西吃一口，据说当时村里十几位婶子大娘的奶我都吃过。当时的生活艰难，家家没有余粮，户户饿得疯狂，没办法，爷爷最后就想方设法用各种面糊糊喂我活了下来。感恩生命如此顽强，让我长大后对生命的意义有了别人没有的特殊感悟：人这辈子最重要的是要热爱生命、珍惜生命、绽放生命、感恩生命。

其次，感恩亲人的呵护。从小到大，虽然没有娘亲的呵护，但60年里我得到的却有着比母爱更为珍贵的爱。你们大概想象不到，小时家里没人做针线活，但我没有穿过补丁衣服。农村冬天没有暖气，但我没有挨过一次冻。长身体时别人吃糠咽菜，疼爱我的爷爷、爸爸却没有让我吃过哪怕一小口那劳什子。工作了，读书，教书，著书，学校管理任务重了，妻子在自己繁忙的工作之余承担起了全部家务，使得我能够心无旁骛地投入到学习、工作中。我在想，如果没有他们，我现在是什么样子呢？

还有，感恩名家的引领。我常跟人说，我是个不幸但又很幸运的人。说不幸是赶上了那样一个没有理性的时代，赶上了那样一个支离破碎的家庭。说幸运是工作以后，得到过诸多名家的提携、帮助、引导和支持。著名教育家朱永新教授引导鼓励我过完整而幸福的教育生活；教育改革家魏书生先生教育鼓励我松静匀乐，百尺竿头更进一步；英语教育家刘道义老人家支持鼓励我专业学习、专业实践、专业研究。我感恩许多教育大家的引领，使得自己能够在专业成长的路上走得稳健，走得有力，走得久远。

再有，感恩师友的鼓励。几十年的专业成长经验告诉我，独学而无友，孤陋而寡闻。感恩成长的路上有良师益友相伴。读本科作学士论文时，天津外国语大学的朱怀沛先生告诉我如何遵从学术规范，我学到了严格、严肃、严谨、严密；读硕士，是天津师范大学甄德山先生告诫我如何进行科研创新，我学到了理论创新实践创新；读博士时，北京师范大学著名教育史学家王炳照教授指导我如何作史学研究，使得我最终能够在中国中小学英语课程教材教法百年变革研究领域持续不断地做出一点点贡献。

另有，感恩同事的支持。最忘不了的是同事们几十年如一日的支持。我21岁参加工作，在40年的职业生涯中，我遇到过一拨又一拨同事，我和他们朝夕相处，并肩战斗，走过一段段路，迈过一道道坎，遇到过一个个困难，解决过一个个难题，取得过一个个成功，迎来过一个个胜利，创造过一个个奇迹，成就过一个个辉煌。感恩同事们的激励，感恩同事们的鞭策，感恩同事们的批评，感恩同事们的理解，感恩同事们的鼎力相助。有了你们，我的教育生活才这样如诗如画，如舞如歌。

最后，感恩时代的馈赠。我始终相信，个人的命运是与祖国的命运联结在一起的。我生活的60年是祖国变化波澜壮阔的60年，期间有三年困难时期，有"大跃进"，有"文化大革命"，有改革开放。每一个历史时期和历史事件无不给我们自身带来这样或那样的影响。

我知道，我们普普通通的个人无力改变历史的进程和走向，但伴随着时代的脚步，我们或郁闷或兴奋，或悲切或高兴，或低首或昂头，或退缩或向前，那些都是生命应有的状态。我感恩时代的馈赠，因为它让我们反思，让我们坚强，让我们变得更为清醒，更为理性，更为阳光。

　　60年，是个人生命中一段漫长的时光。60年里我用自己的眼光打量着这个五彩斑斓的世界，世界也在用自己的眼光打量着我这个渺小又微不足道的个体。收入到这个散文集中的文章大都在《天铁通讯》《天津教育报》《招生考试导报》《考试报》《成人教育报》《北京晚报》《中国教师报》《中华读书报》《中国教育报》《天津教育》《新教师》《中小学课堂教学研究》上发表过，此外，集子中还收录有大量的书评、序言、后记、获奖散文等。本书能够付梓出版，算作是对我60年社会生活的一个纪念，也是对亲人师长同学同事的一种谢意表达。

　　今天，我以感恩之心欣欣然谢幕第一个60年，明天，我将以感恩之心欣欣然迎接再一个60年。

目　录
CONTENTS

我看世界

世界看我

我看世界

60年，一甲子。
我一直在用我的眼睛，
看着周围的世界，
周围的人。

车轮滚滚中的历史影像

我比共和国晚生 10 年，转眼间，也 60 岁啦。

六十年的生命里程里有不少难忘的记忆，奇怪的是，闭上眼睛，挥之不去的却是那车轮滚滚中的一个个历史影像。

车，于我们，是运载和旅行的工具。不同种类的车也映射着时代的更替、时代的变迁和时代的进步。

记忆中的第一辆车是两个轮的小拉车。五六岁的时候除了跟村里的玩伴嘎子、虎子他们打杂、拍毛人儿就是弹玻璃球。那游戏玩起来从早到晚，玩得我们一双双小手都是黑的，冬天皴老厚裂着口子撕心裂肺地疼，所以，那真算不上我童年的享受，只能说是儿时的简单游戏。想起来那时最最享受的还是能坐一坐小拉车，特别是坐坐爸爸拉的小拉车。

爸爸是个慢性子，做起活来很慢，但上手的每种活计都做得很精致。于是他就成了村里有名的大厨、会计、修表工兼泥瓦匠。那时生活苦，没有来钱的道儿，他就至少花上一个月下工时间村南村北到处拾柴禾，柴禾多了，自家烧不了，他就想法拉到集市上卖出去换几个钱，一来给我那胡子老长爱喝酒的爷爷弄点酒钱，二来给缺吃少穿营养不良嘴又有些馋的我买上一两斤槽子糕。记得那时家里连小拉车都没有，他就从邻居胡大伯家借过来一辆用着。爸爸先是把乱七八糟的柴禾理顺、码齐，仔细地打好捆，然后再把车装好。你看，他装出来的车就是一件艺术品，那么规整，那么美观，那么耐看。装好了车他就笑着问我，愿不愿意跟我去啊？我人

3

小心眼多，知道去了没亏吃。于是，冬天清晨3点钟爸爸就从被窝里把还在熟睡中的我唤醒，等我穿好衣服，出得门来，便一把把我举起来放在高高的柴车顶上，那里爸爸早用细软的稗草给我做好了窝，冬日里北风呼啸，爸爸扔给我一个小棉被，我偎在柴禾窝里，盖上被子暖和了，爸爸顶着满天星斗拉着车就出发了。

　　静海唐官屯镇那个集市离我们村很远，足足有三十里路程，我坐在车上听着轧在路上吱吱呀呀的车轮声，感觉美极了。可我哪里知道我那样车上一卧，又给本来就很辛苦的爸爸徒增了一份辛苦。到了地方，天也大亮了，爸爸把我抱下来，嘱咐我站在旁边不要乱动。来买柴禾的人并不多，几个小时后，经过一番讨价还价终于成交，一车柴禾也只卖个四五块钱。中午了，劳累了半夜加一上午，头上还冒着热气的爸爸就领着我到附近的饭馆吃一顿当时一年都难得一见的肉烩大饼。爸爸会生活，会享受，吃饭前他得来上二两散白酒。老板端上来烩饼，我的哈喇子早下来了。饼是那么地香！小小的我知道，小拉车装柴禾，卖掉换钱可以有美食，这恐怕是我儿时最早的最美好的记忆，以至于后来我师范毕业前夕在静海一中实习时就因为学校食堂有肉烩饼吃差点决定留在那里。

　　还记得我十二岁时到离村12里地的蔡公庄中学上初中。看见我读书很用功，成绩也很好，爸爸一咬牙，一跺脚，花30元从邻村买来一辆破得不能再破的28自行车。28自行车大都是农村能工巧匠们自己攒的车，车轮略大，车身略长，分量略重。爸爸也是村里的能工巧匠，他能做到的是，车子锈迹斑斑搬进来，锃光瓦亮骑出去。他给自行车去锈，拿龙，换零件，最后用防锈漆和黑漆把车身涂个遍，自行车一下子焕然一新。

　　骑着自行车，行驶在乡间大道上，我高兴极了，兴奋极了，自豪极了，骄傲极了。为啥骄傲？因为那时的农村小伙子娶媳妇家庭条件好的是三转一响，自行车就在其中。你想我一个12岁的毛孩子就有车骑那是何等的奢侈！何等的威风！当然，我那时还小，骑再好的自行车村里也不会有姑娘看上的，但少不更事的我多少有点飘飘然。上学路上，我脚下略一使劲，就能甩出步行的同学三五里地，那就有了高一年级的感觉。无聊没有事干，我就开始玩起花样。你再看，乡村的土路上，一个少年，骑着自行车，大撒着把，从容地从绿书包里掏出一支笛子。车轮滚滚，笛声悠扬，路过的人无不侧目，无不好奇。于是马路上大撒把，大街上大撒把，小巷里大撒把，对着猪圈下坡时也敢大撒把，那辆后来不幸闯入猪圈吓得熟睡中的肥猪越圈飞逃当时就报废了的自行车为我留下了一个深刻的安全记忆。

师范毕业后，我报名到了位于遥远太行山区的天津铁厂职工子弟学校工作。大家知道，天铁是离天津有千里之遥的隶属于天津市管辖的一个大型国有企业。当时没有坐过火车的我一想到有火车坐那叫个兴奋，毕竟火车比自行车厉害多了。首先是你不用自己操心用力，上下坡也不用玩命蹬车和刹车，上哪儿去还都安全。其次，坐上去速度比自行车快多了，白天还可以饱览沿途风光。再有，火车里人多，那就是一个小社会，你可以观察到很多有意思的事情。

从我老家静海到邯郸有六百公里之遥。我的很多师范同学毕业后完全可以选择到邯郸地区的天津铁厂工作，但一查地图，一看距离，一想太行山生活的艰苦，就都打了退堂鼓。我倒没事，心想，不就是坐火车么？有什么好怕的！于是，我毅然决然地踏上了奔赴太行山的绿皮火车。那时的绿皮火车属于慢车，逢站必停，速度很慢，慢得你心里起火，总想在车上找个人干一架，但火车还是依然故我，咣当咣当，匀速向前，600公里路程大概得需要走12个小时。如此二十几年，我竟然适应了那声音，常常是不坐火车时，耳边依然是绿皮火车车轮滚滚的声音。

可现在大大不同了。自从有了高铁，古代一日千里的神话早已实现。从天津到邯郸，只需两三个小时，早晨在天津吃煎饼果子，中午到邯郸吃驴肉火烧，车的速度快得让你不敢想象。坐在高铁上，你恍若坐在一个豪华的大厅走廊里，其安全性、舒适性那是没说的。与过去铁路不同的是，高速铁路都是无缝钢轨，现在时速300公里以上的高速铁路采用的是无砟轨道，就是没有石子的整体式道床来保证车子的平稳。所以，乘高铁外出，一旦坐在车厢里，虽然也是车轮滚滚，但你绝听不到绿皮火车车轮那种咣当咣当让人心烦的噪声。重要的是，车上不允许吸烟，这限制了一大批瘾君子，救了一大批像我这样的无烟乘客，免受其害。现在，依然车轮滚滚，依然奔腾向前，你感到的却是一种新奇，一种惬意，一种舒适，一种温馨，一种穿越，一种让人心动的现代气息。

是啊，从老父亲的小拉车，到上学时的自行车，再从落后的绿皮火车，到现在先进的高铁，时代在前进，国家在进步。六十年一甲子，从小小的车轮上，我们体验到一个时代波澜壮阔的变迁，看到了我们国家翻天覆地的变化。试想，再过一甲子，我们又将会迎来一个怎样繁荣的时代，怎样强大的国家呢？

我们期待着。

大山深处自考人

"太行浩气传千古，留得清漳吐血花。"朱老总用他那指点江山的手，饱蘸着革命激情，在邓小平、刘伯承当年率一二九师与日寇浴血奋战的太行东麓、漳河畔边挥毫写下了这撼人心魄的诗句。

这里是一片热土。赤岸村记载着抗日战争那如火如荼的艰难岁月。战争风云散去，在这孕育革命希望和共和国黎明的地方，如今矗立起一座现代化的钢铁城市——天津铁厂。

这里是一片热土。天铁人发扬革命前辈"甘洒热血写春秋"的大无畏精神，在太行山上创造了一个人间奇迹——挖山填壑、创业建厂，硬是靠人拉肩扛，在这远离城市、远离天津的荒山秃岭上建起了天津市第一个也是唯一一个大型生铁生产基地。改革开放、谋求发展，天铁谱写出一首首无比壮美的诗篇。

天铁人比谁都明白，经济要发展，教育应先行。于是，托儿所、幼儿园、初中、高中、中专、技校、职大相继办起来了，天铁人有了自己的教育，职工子弟的教育问题基本解决了。可是，办教育需要教师，办工厂需要技术人员，搞管理需要管理人才，然而处于大山深处，外部世界缺乏对铁厂的了解，早先几年分来铁厂的大中专毕业生寥寥无几，与铁厂经济建设的需要相比恰似杯水车薪。封闭的环境，文化生活的贫乏，使得人们特别是青年人在八小时以外总感到无所事事，于是酗酒、打牌、搓麻，给安静的铁城带来了不小的影响。人才的匮乏以及如何把职工的业余生活引向正路，使得铁厂领导痛下决心：在抓好物质生产建设的同时，也必须抓好精神文明建设，搞好职工教育，鼓励自学成才。于是，迎着国家经济体制改革和教育体制改革的大潮，天津铁厂在生产捷报频传的同时，一个自强不息、拼搏苦读的自学群体诞生了。

一、设考在太行

20世纪80年代初，教育的一项重大改革给不少正在苦学的天铁人送来了佳音：国家建立自学考试制度，鼓励自学成才。

这消息像长了翅膀一样，飞向天铁这万人大厂的每一个角落。然而，大山阻隔，考场设在千里之外的天津，考生往返光坐火车就得二十四、五个小时，考试在星期日，报两门课就需要在津逗留半个多月时间，路途遥远，工作受限使得考生感到赶考一次比上蜀道还难！

但是，天铁人敢于迎接挑战，有人就敢做天下先。1983年，铁厂经济仍处在低谷，职工工资收入不高，可在这样的窘况下，竟真的有两位考生自掏腰包坐上"隆隆"的火车北上赴考去了。考生贺悦民两门课均获通过，古汉语竟得了个优秀。

勇敢、好学的天铁人感动了市局、市自考办。"要把'鼓励自学成才'这一举措落实到全市每一个地方"，于是做出决定：1984年在远离海河的太行山东麓的天津铁厂设立高等教育自学考试考场。

天铁领导和天铁教委的领导们把市里的这一决定看作是一次机遇，更看作是一种信任、一种压力。"一定要把自学考试事业办好"，工作再繁忙，自学考试工作不能放。建设施、搞服务、学规章、抓考纪。中专自学考试中一位考生打小抄，被当场查出。除按市考办规定给予处理外，还以厂发文件通报全厂并扣发该考生三个月生产奖。考生本人受到了教育，其他人受到了震动，也保证了自学考试事业的健康发展。大家说，铁厂人要像铁一样实诚，干什么都不能玩虚的、搞假的。

二、漫漫求学路

走上自学之路就意味着走上了艰辛之路，可大山深处的天铁自考人不怕。这里撷取几个片段，管中可窥一斑。

主动辞去正科级职务、甘愿到学校当孩子王的杨克难，为使自己的业务水平、知识水平迅速适应教学需要，加入到自学考试队伍中来了。他面临的是一个怎样的环境啊？爱人瘫痪在床，生活完全不能自理，两个正在求学的孩子需要照料。教课、带班，繁重的工作和家务让一般人承受不了，可老杨却抱着"困难面前有克难，克难面前无困难"的乐观主义态度发愤自学。为免受干扰，课余时间他把自己锁在湿漉漉的澡堂里、废弃的库房里，把书看了一遍又一遍，红笔画、绿笔勾，思考、记忆，硬是靠常人难以想象的毅力，考一门过一门，以平均七十多分的好成绩拿下了党政干部基础科毕业证书。

一些考生开始自学时已经是四十五六岁的年龄了。人到中年，家务负担重，上了岁数，记忆力衰退，但是他们不愿也舍不得放弃一生中这难得的学业进修机会，灯下苦读、书香为伴，一门门，一科科，克服了数不清的困难，相继取得党政干部基础科、企业管理等专业的毕业证书。

王凤东原是中师毕业生，认定了自学考试这条路以后，人们常常在山脚下、池塘边见到他苦读的身影。朋友好心劝他："差不多就行了，整天那么苦干啥？"可他说："人生一世，应有所追求。人家都能把书写出来，我就不信学不会、弄不通。"听者汗颜，不禁肃然起敬。

"要想取之，必先予之。"自学需要奉献时间、精力，有的考生为了自学甚至连牺牲自己的生活幸福都在所不惜。杨正颖参加自学考试时已是二十七八岁的大姑娘了，照说女孩子到了这个年龄该考虑自己的婚姻大事了，可自学考试不容人分心。她外语底子薄，为克服词汇记忆困难，卧室里卡片随处都是、纸片满墙，个人的婚姻大事置之脑后，苦干几年，终于捧回了汉语言文学专业的本科文凭，成为天津铁厂自学考试仅有的两名本科毕业生之一。

自学考试向每一位有志青年敞开着大门，这里是强者的殿堂。考生边力高中毕业后如果不是命运的安排，理应像他的父母一样进入南开大学这样的著名高等学府深造，可是毕业成绩第一名的他却因身体检查不过关被挡在大学的门外。他苦恼过，思考过，怎么办？"条条大路通罗马"，不能沉沦下去，他一咬牙，走自学成才之路！几年苦读不辍，天津市统计专业便多了一名没进围墙的大学毕业生。他的专业课几乎门门优秀，高等数学竟取得了自学考试中难以见到的满分。

选取的几个例子只是铁厂自学群体的一个小小的缩影。几年来，自学考试像磁石一样吸引着铁厂众多有志好学的青年，一百余名考生经过艰苦跋涉，分别取得法律、中文、英语、会计、统计、企管、文秘等二十余个专业的自考毕业证书，圆了他们多年的大学梦。

三、今日竞风流

自学考试在天津铁厂设考至今已十三年，昔日不起眼的自学考试如今已让人刮目相看。

自学考试良好的社会声誉使人们形成了共识：自学考试影响人，自学考试塑造人。

十三年里，自学考试事业从小到大、从弱到强、飞速发展。1984年，铁厂开考时只有二、三十人参加考试，如今已有九百之众走上考场，也就是说，铁厂两万职工每二十多人中就有一人是自考生。这可观的数字足以说明自学考试的非凡魅力和巨大影响力。

天铁自考人从自学考试中得到了磨炼，有学识上的，意志上的，方方面面，林林总总。自学考试中学到的治学方法使得每一位考生都能在工作岗位上把自己的学识和能力发挥得淋漓尽致，自学考试中培养出来的优秀品质又使得他们不屈不挠、迎难而上、全力以赴、敢创一流。

自学考试为铁厂培养了一大批各专业急需的人才。

中学教师李凤娥、远坦然、冯秀英等自学考试毕业生用其所学、潜心治教、成绩卓著，被评聘为中学高级教师。杨克难学有所成、教书育人，一个普普通通的中学教师在天铁成为家喻户晓、妇孺皆知的人物，家长为自己的孩子能在杨老师的班里就读而夸耀，学生为自己能得到杨老师的亲自指导而自豪，优异的教育教学水平使得他数十次获得奖励，1983年，他成为天津铁厂第一位全国优秀教师。

你看，在人才济济的厂办学校里，担任校长的是自学考试毕业生。

如今，全厂已有数十名自考毕业生走上了科长、处长的领导岗位，他们好学上进，多数人已成为专业通、业务精、善管理的现代企业领导人。

大山深处的自考人已不满足于他们已经取得的成绩，他们知道学无止境、奋斗将没有穷期，因而在不断地向更高的目标冲击。

"路漫漫其修远兮，吾将上下而求索"，十几年的不辍奋斗造就了今日天铁自考事业的风流。大山里的自考人将不会停步，他们会以更加昂扬的斗志在祖国改革开放、建设发展的滚滚洪流中迎接挑战、大显身手。

（本文原载1997年《招生考试导报》）

考场·战场

　　考场如战场，为了夺取胜利，须先有克敌制胜的信念。战场上，如果心虚胆怯，闻风丧胆，便不会过五关，斩六将，必定不战即败，自树降幡。考场上，假如"未见考卷已色变"，定会一败涂地，名落孙山。

　　考场如战场。为了战时少流血，平时就得多流汗。战场上横刀立马，陷阵冲杀靠的是平日练就的过硬本领和身手不凡。考场上眉不轻皱，心绪泰然，靠的是平日的苦心积累和卧薪尝胆。

　　考场如战场。珍惜时间、争分夺秒，才会迎来希望的曙光，才能抢占制高点。战场上，时间是胜利的垫脚石，考场上，时间则是通向成功殿堂的敲门砖。

　　考场如战场。"知己知彼"，方能"百战不殆"。战场上，不晓敌情，仓促出阵，必定丢盔弃甲，败北失关。考场上，心存侥幸，盲目应战，也会事与愿违，血本无还。

　　考场如战场。战略战术，十分关键。战场上，围敌营、攻要塞，运筹帷幄、苦心积虑才能有高歌凯旋。考场上，抓重点、析疑难，细细推敲、点滴不漏，取得胜利不容有丝毫的轻敌、马虎和怠慢。

　　考场如战场。同样的磨炼，同样的挑战。战场上，险象环生，风云易变，需要你千锤百炼、意志弥坚。考场上，荆棘遍布，道道险关，只有脚踏实地，才会采撷到丰硕果实的芬芳甘甜。

　　考场如战场。"胜不骄、败不馁"是古训，是良言。成功固然可喜，但不能恃胜自傲、一味乐观。失败固然痛苦，但它预示着成功已不遥远。从失败中奋起，将一个胜利视为下一个胜利的起点，才能拥抱胜利，才能永远向前。

（本文原载《招生考试导报》）

身影

十几年来，我的眼前一直晃动着一个病残姑娘的身影。

那是在1984年12月的一天上午，天津外国语学院电教大楼语言实验室内，300多名自学考生在静静地等候英语听说课程的考试。坐在他们中间，我很是为自己鸣不平，单位在太行山区，来津考试往返要1000公里，这样的学习条件恐怕绝无仅有。然而，我完全错了。开考前10分钟，一位汗流满面的姑娘由一位女士从轮椅上扶起，让人背着走进了考场。听人说，那姑娘是自己摇轮椅赶了十几里路来参加考试的。望着她们，我沉默了，开始为自己刚才的想法感到汗颜。一个四肢健全的五尺汉子，竟不如一位病残的弱女子！此时，我知道了意志对于人的真正含义。

自此以后，我再也没有见过她，也始终不知道她的名字，但她那种不向命运低头、乐观对待人生的精神却一直印在我的脑海里。

说来也巧，那次听说课考试，由于我过分紧张，准备欠佳，最终以4分之差未获通过。这可是我个人考试史上第一次遭到的败绩啊！这次挫折对于我可说是一次不大不小的考验。一想到那1000公里路程，我真想就此退却下来。可一想到那位残疾学友坚强不屈的身影，我又一次感到惭愧不已。于是，1985年我又义无反顾地踏上了北赴天津的火车，并最终通过了当年的听说课考试。

就是这样，十几年来，我悄悄地把一位并不熟识的学友当作自己的榜样。在这榜样的激励下，能够在学习和工作中勇攀高峰，奋斗不止。

当我1985年顺利地通过天津市自学考试英语专业专科考试时，我只是将它当作是另一学习过程的起点，又马不停蹄地向本科冲击。经过几年的艰苦跋涉，终于在1988年顺利通过考试，成为天津市高等教育自学考试英语专业第一个本科毕业生，并获得文学学士学位，之后又通过了天津市高级外语水平考试。

回顾过去走过的路程，总也忘不了我一直视为学习榜样的那位残疾姑娘。在此，我要深情地说一声：感谢你，身残志坚的姑娘！

（本文原载《中国教育报》并荣获征文二等奖）

读书之道

　　学习过程中，与学友相互交流，相互学习，相互促进，相互提高，实在是一件有益的事。

　　十年前，我与一位在天津某公司工作的朋友相约同时参加第二外语《日语》的考试。接到成绩单自然要互相书信通报。他接到我的信后，觉得不解。当时，他的公司正好有外事任务，公司领导派他去一高校日语培训班脱产学习近一年，日语考了个通过，而我却考了个良好——88分。他在信中说："难以想象，你蹲在山沟里，又完全是自学，不知你书是怎么读的？"

　　想来想去，这个问题当时也没有给朋友一个完整的满意的答案。回顾自己的自学经历，我觉得自己读书确实也没有什么特别之处，无非是做到了"痴、持、耻、炽"而已。

　　一是痴读。众所周知，读书读不出轰轰烈烈来，读不出腾达显贵来，也读不出豪发暴富来，只有淡泊明志，耐住寂寞，一书在手，情悠悠，意悠悠，专心致志，醉于其中，这书才越读越有长进。

　　二是持读。读书是件快乐的事情、幸福的事情，但如果朝三暮四，见异思迁，也难以读出书的真谛，难以把握作者的初衷。读书同时又是一件痛苦的事情，如果不是这样，古人何至于"头悬梁，锥刺骨"？可见，读书遇到困难时，方显读书人之英雄本色。正像梁启超所说的那样："无论事之大小，必有数次乃至十数次之阻力。""其事愈大者，其遇挫愈多，其不退也愈难，非至强之人，未有能善于其终者。"读书需要毅力，需要持久的力量。

三是耻读。读书光荣，耻从何来。笔者的意思是说，读书应怀有愧疚之情，虔诚之心。周恩来曾说过："一物不知，学者之耻。"面对知识的载体——书籍，没有虚心的态度和求知的欲望，怎么能够读有所得，又怎么能够学有所成？另一方面看看别人，对照自己，是否还有不足，是否还有差距？"穷则思变"，只有发愤苦读，你才不会落伍，你才能心安理得地说，你站在了社会发展的潮头上，你是一个地道的现代人。因此，觉耻才会有苦读的动力。

四是炽读。读书需要激情，需要执著，而激情和执着正是来自于读书之中。培根曾说过："读史使人明智，读诗使人灵秀，数学使人周密，科学使人深刻，伦理学使人庄重，逻辑修辞之学使人善辩。凡有所学，皆成性格。"读书能够塑造人，渐渐地，你发现自己变了，没有了昔日的旧你，却有了今日的新你。于是读书的激情变得愈来愈炽烈了。此时，已是欲罢不能了，书便成了你终日难以割舍的伴侣。

痴读致诚，持读致精，耻读致动，炽读致情。权作笔者对读书之道的点滴悟道罢。

学到老　活得好

　　曾读过一位英语教授撰写的一篇文章，文章说，他到英国一所大学访问，看到这所大学将谚语"Live and learn."（活到老，学到老）变成了"Learn and live."（学到老，活得好）。这一变化颇耐人寻味。

　　"活到老，学到老"说的是人活着就要学习，强调的是学海无涯，学无止境。而"学到老，活得好"则是说人学习不只是为学习而学习，学习是为了使生活有质量、上水平。

　　"活到老，学到老"和"学到老，活得好"讲的都是学习的必要性，而后者无疑更具积极意义。

　　其一，每个人必须树立终生学习意识。从历史的角度看，如果没有数代人终生不渝的学习、研究、探索和创造，我们现在可能还会在茹毛饮血、刀耕火种的原始时代里挣扎着。从现实来看，当今社会和科技发展日新月异，任何"一劳永逸"的想法都是不现实的。一个人要立于时代发展的潮头，赶上时代发展的步伐，必须牢固树立终身学习、终身受教育的思想，不断地学习新知识、掌握新知识，了解新事物、接受新事物。

　　其二，只有"学到老"，才能"活得好"。活好当有两层含义：一是有富足的物质生活，这是一个人安身立命的根本，是一个人从事其他活动的基础。二是要有多彩的精神生活，这是一个人生活层次的标志，也是一个人物质生活的归宿。物质生活和精神生活二者兼顾才是完美、幸福的生活，而这两种生活又都与读书学习有着千丝万缕的联系。

其三，"学到老，活得好"在于追求不辍、目标常新。笔者就曾看过一则报道，说某市有个人，小时候穷得连条裤子都买不起，可到后来做买卖发了，买了别墅，购了洋车，挥霍无度，一掷千金，一条腰带就花近万元。暴富使他蒙了头、转了向，自此开始吃、喝、嫖、赌、吸，不思发展，不求进取，很快便债台高筑，债主盈门，痛苦之下，终以自杀的方式结束了自己的一生。那么让我们退一步想，如果这个故事的主人公善于学习，能够走出自我，超越自我，他是能够比一般人过得健康、过得快乐、过得潇洒的，但是无知、愚昧毁了他的事业，毁了他的前程，毁了他的一生。

由上可见，"学到老，活得好"不仅具有历史意义，更具有现实意义。我们每一个人都应以学为荣，以学为乐，有所发现，有所发明，有所创造，有所贡献，为自己，为社会，也为了这个伟大的时代。

（本文原载《招生考试导报》）

益损之鉴

英国伟大学者培根在其著名的《论读书》一文中说："读书足以怡情，足以博采，足以长才。"众公评价，此论精辟之至。

我常常想，培根先生此处所指当是好书，因此，书有良莠之分、益损之鉴。

歌德说："读一本好书就是和高尚的人谈话。"读好书，使人充满正气，变得伟大、崇高；而坏书则坏人心地，使人变得猥琐、卑贱。

托尔斯泰说："理想的书籍是智慧发掘的钥匙。"好书使人明智、启人灵感；而坏书则使人封闭、陷入混沌，是人走向愚昧世界的起跑线。

高尔基说："书籍是人类进步的阶梯，每一本书都是一级小阶梯。我每爬一级，就更脱离兽性，而上升到人类，更接近美好生活的观念。"好书催人奋进，给人以进步的勇气；而坏书则教人堕落，使人坠入罪恶的深渊。

莎士比亚说："书籍是全世界的营养品，生活里没有书籍，就好像没有阳光。"好书是优质的精神食粮，它给人以享用不尽的滋养，使人精神焕发，不断走向辉煌；而坏书却如荼砒霜，使人心力交瘁，让人枯骨碎肠。

惠普尔说："书籍是屹立在时间汪洋大海中的灯塔。"好书能使人从迷雾中走向光明，给人指明前进奋斗的方向；而坏书却使人精神迷乱，变成迷途的羔羊。

凯勒说："一本新书就像一艘船，带领我们从狭隘的地方，驶向生活的无限广阔的海洋。"好书使人高瞻远瞩、目光宽广、心里亮堂；而坏书则使人胆小懦弱、鼠目寸光、不能超越自我，难以看到胜利的曙光。

与坏书为伴，无异于与狼共舞，自取灭亡；而与好书为友，则处处得益，天天都能沐浴成功的太阳。

（本文原载《招生考试导报》）

克难人

——记天津市自学考试毕业生、全国优秀教师杨克难

　　杨克难——不见其人，只闻其名，你会感到一股阳刚之气迎面扑来。见其人，闻其声，观其行，让你觉得他确是一位真正的男子汉——一米八〇的个头儿，站如松，坐如钟，处处是军人风度。方正的脸庞，透出慈爱、率直、干练、执拗和刚毅。说起话来，字字铿锵，掷地有声。

　　老杨的经历颇有些传奇色彩。他拿过锄头，在农村希望的田野里耕耘过；扛过枪，曾是解放军革命大学校中的一员；当过经理，曾在商品世界中漫步徜徉。他任过工会主席，当过书记，做过科长。1985年，在他四十几岁时竟出人意料地辞去了官职，主动请求调入天津铁厂一中任初中政治课教员。

　　怀着乐教之忱，他走上了梦寐以求的讲坛。然而，数不尽的困难横陈在他的面前；爱人重病卧床，生活几乎不能自理；一双儿女尚小，抚育任务完全落在了他的肩头；初为人师，教学经验不足，专业知识匮乏……面对困难，老杨挺起了腰杆，没有趴下。不久，人们见到他的办公室墙上赫然贴上了自己书写的"人是要有一点精神的"大字条幅。他乐观、风趣而又自信地说："困难面前有克难，克难面前无困难！"

　　工余时间，他洗衣、买米、做饭、悉心照顾妻儿，把家务料理得井井有条。灯下苦读，入校仅两年就硬是通过自学考试拼下了大学专科文凭。

他主动请缨，接过一个个差班，他从"爱"入手，尊重爱护差生，工作中求高、求严、求细、求新，采取"定目标、作计划、学名言、树榜样、算时间、议前程、写小结、搞鼓动"等措施，使学生优者更优，淘气包们也变了样，为此，十里铁城，万人称道。

几年来，老杨带出了6个先进班集体。其中3个是天津市先进集体。老杨任教9年，数十次获得奖励。他曾被评为厂级劳模、局级优秀党员、市级优秀园丁，1993年又摘取了全国优秀教师的桂冠。

（本文原载《成人教育报》）

力从何来

　　身残志坚、自学成才的张海迪自80年代初就已经家喻户晓，妇孺皆知了。在我国前不久举办的第六届"远南"运动会上，她是报名参加残疾人SH3级气手枪比赛的第一位选手，也是唯一的选手——因为过度残疾，没有其他人报名参赛，海迪竟没有竞争对手！

　　没有对手，没有金牌，但海迪的执著、海迪的勇气、海迪的坚强意志早已为她自己铸就了一块光彩夺目的奖牌。

　　自胸部以下高位截瘫达34年之久的张海迪在病痛的折磨之中以惊人的毅力，靠自学学习了医学知识，为数以千计的患者解除了病痛，发奋苦读、攻克了四门外语；笔耕不辍，写作和翻译了几百万字的作品；完成了硕士课程，考取了博士；经过几个月的刻苦训练，又毅然来到国际体育比赛场上……一位严重残疾的人何以能够做出如此千人赞叹、万人敬仰的业绩？她的力量从何而来？

　　力从何来？其实从海迪的言谈之中便不难找到答案。海迪曾不止一次说过："人生活的意义在于奉献。"短短一句话包涵了海迪对人生真谛的深刻理解。海迪的人生态度和成功给了我们许多启示。

　　首先，直面人生，做生活的强者。人生好似行船，弱者驾驭，即使风平浪静，也有涉不完的险。强者掌舵，没有闯不过的滩。海迪是强者，面对厄运，她不消极遁世，不怨天尤人，挺起胸，昂起头，在人生的坎坷和不平之中不停地搏击着、奋斗着。

其次，笑对人生，做生活的智者。人生是宇宙万象，愚者的视线只会触及阴云虚幻，而在智者的眼中，处处都有星光灿烂。人的一生往往是顺逆交替、悲喜相伴。而在海迪的一生中却有太多的磨难。面对磨难，海迪谈笑风生，乐观向上，她用辉煌的业绩丰富和升华了自己的人生。

最后，挑战人生，做生活的勇者。人生又如攀登险山，懦者却步、举足维艰。勇者无惧、披荆斩棘、步步都是胆。海迪志存高远，不断登攀，轮椅声声，奏出一曲曲动人的成功乐章。也正是由于她不断抗争、勇于进取，她的生活才总是那样充实，她的内心世界才总是那样地波澜壮阔。

以海迪为镜，我们便会有取之不尽、用之不竭的动力，任何艰难险阻都会被征服；以海迪为镜，我们应无私为人、勤勉治学、脚踏实地、不断向前。

（本文原载《招生考试导报》）

石一新精神赞

　　近读《中国教育报》，一则通讯报道令我沉思，令我感动：河北省一位耄耋老人石一新70岁报名参加高教自学考试，克服重重困难，历经十个寒暑，终于在80岁高龄时通过了自学考试英文专业本科的所有课程，取得了文学学士学位。

　　这是一位多么坚毅的老人！多么可敬的老人！

　　石一新老人老当益壮，不安天命，十年破壁，大器晚成。他的行动印证了塞缪尔·乌尔曼曾经说过的一段话："年轻，并非人生旅程中一段时光，也并非粉颊红唇和体魄的矫健，它是心灵中的一种状态，是头脑中的一个意念，是理性思维中的创造潜力，是情感活动中的一股勃勃朝气，是人生春色深处的一缕清新。"一位年逾古稀之人，老骥伏枥、志在千里、不达目的、誓不罢休，活得如此充实，如此洒脱，如此富有朝气，实在是可敬可叹，也真真令我们当中的一些遇挫而退、见难不前的后生汗颜。

　　"人是要有一点精神的。"要有什么样的精神呢？一种拼搏的精神、一种奋发的精神。实际上，人生的意义就在于拼搏和奋斗之中。倘若每位国人都能有石一新老人那样的情怀、那样的追求、那样的志向、那样的精神，我们的社会风气何愁不雅正清明，我们的民族何愁不强大振兴。

　　愿我们的国家多些具有石一新精神的人！

（本文原载《招生考试导报》）

有感于"摘月亮"

在激动人心、世人注目的奥运会上，我国一位摘取金牌的举重运动员一语惊四座，"为了祖国、为了人民、就是天上的月亮，我也要把它摘下来"。有关媒体对此善意评论：狂！

怎一个"狂"字了得！寥寥数语道出了有志男儿一股阳刚之气、豪爽之气、威武之气！当一个人把祖国和人民放在心上时，就会生出排山倒海之伟力，当他把自己的事业与祖国、与人民的需要结合起来时，就会不怕牺牲、无私无畏、所向披靡。

我们虽然不能去世人瞩目的奥运会上挽星摘月，披金挂银，但万事同理，生活中有很多需要极费周折、极费力气才能干好的事情，比如自学。

自学，也是一场拼杀，也有个"摘月"的问题。其一，是愿不愿摘月，其二，是敢不敢摘月。

愿不愿摘月是个志向问题。君不见，有人饱食终日、无所用心。一壶茶，一支烟，一件小事聊半天；不读书，不看报，嘻嘻哈哈净胡闹。这是一种懒惰行为，也是价值取向上的一种极端自私行为。生活在现代社会里，每一个人都直接地或间接地得益于现代文明，可现代文明从何而来？它主要是来自于学习和创造，一个人生活在社会中只知索取，不知奉献，那是何等地狭隘，何等的自私！

敢不敢摘月是勇气问题。捧起厚厚的书本，面对浩如烟海的科学技术知识，敢不敢攻关，敢不取登攀，没有坚强的意志和毅力是办不到的。笔者一位自学小有成就的学友常说，别人能把书写出来，我就不信我看不懂、学不会。有了这种精神，克服学习中的重重困难自然就不在话下了。

愿意去摘月亮并敢于去摘月亮更是一种气魄和境界。这种气魄，这种境界，正是自考生们需要的。

（本文原载《招生考试导报》）

自助者"上帝"助之

年三十晚上,一位学生来家做客。看他春风得意的神态,我不禁想起了几年前的他。

我的这位学生1991年参加全国高考,由于种种原因,当年未被理想的专业录取。入大学一年,情绪一直很低落。暑假回厂,向我诉说苦衷。我听到这个情况,建议他在学有余力的情况下,不妨试试自学考试。果然,三年苦读不辍,他终于在去年取得了两个本科文凭、两个学士学位,并且依靠自学考试法律专业所学的知识通过了全国律师资格考试,如今已经在市里一家律师事务所谋到了一份令人羡慕的工作——律师。

由此,我想起一句英语谚语:自助者,"上帝"助之。(God helps those who help themselves.)

哲学中讲,外因是变化的条件,内因是变化的根据。古今中外每一位成功者之所以能够比他人幸运恐怕无不是自助的结果。

笔者以为,人要自助,必须做到自知、自信、自立、自强。

首先是自知。"人贵有自知之明。"一个想有所作为的人应该对自己有个恰如其分的认识。知道自己长于什么,有何优势,短于什么,如何克服,只有这样,才能确定自己的努力方向,找准自己在社会中的正确位置。

其次是自信。"有志者,事竟成"。每当做一件事情之前。我们常常要问问自己:我行吗?往往不是把握十足。这时就需要自我勉励,换一种思考方法:别人行,我也行。我肯定行!

再次是自立。让你我站起来的是我们自己，让你我趴下的还是我们自己。在这充满竞争的现代社会中，你要么站着，要么趴着。自立精神对于每个人不论是学业还是生活、工作、事业都是非常重要的。

自立精神可以使人从贫穷走向富有，从空虚走向充实，从失败走向辉煌的成功。

最后是自强。"不花气力，岂能成事。"要完成学业，要成就一番伟业，总会遇到形形色色的困难。面对困难险阻，退一步则前功尽弃、一切皆无。迎难而上，就会天高地阔、前程似锦。

《国际歌》中唱得好："从来就没有什么救世主，也不靠神仙皇帝，要创造人类的幸福，全靠我们自己。"此文行将结束时，我突然感悟到："自助者，'上帝'助之。"其实，这上帝不是别人，就是你我他自己。

（本文原载《招生考试导报》）

从教三十年　名师引我行

　　我 1980 年参加工作，到今年——2009 年，从事教育工作已 30 个年头，想来很光荣。

　　三十年来，我做过小学教师，做过中学教师，教过电大，教过本科，给硕士、博士生上过课，想来很过瘾。

　　三十年来，领导关怀，自己勤奋，成为中学高级教师，成为中学特级教师，成为大学兼职教授，想来也很有些辉煌。

　　我在想，作为教师，我们是在不断成长之中的。成长之中有痛苦、有欢乐、有感悟、有成就。我个人感觉，最关键的是，教师的成长离不开名师的引领。

　　在和同事们交流时，我常常讲起教师成长需要向名师学习。同事们常常问我，向名师学习什么呢？我想豁达、大度、宽容、善良、勤奋、智慧是必不可少的。这些品质对于做个小教师有益处，对于立志做大教师的更有益处。

　　先看豁达。豁达当指心胸开阔。我们做教师的，应该有这样一种心态，这样一种境界。这心态、这境界不仅关乎我们现时的幸福，更关乎我们未来的幸福。著名教育家、我国教育界的活化石吕型伟教授曾经讲过这样一个故事：1996 年他感觉身体不舒服，就到医院做了一个检查。医生发现他的大脑里面长了一个肿物，需要手术摘除。吕教授笑着说，医生施行完手术，用盐水洗了洗大脑，大脑进水了，可奇迹发生了。原来掉发处又长出了黑发，原有的老年斑退掉了，花了的眼睛不花了……真得要让医生们好好研究一下这个病历，也好为民造福。您看看，先生遭遇这样的事，仍然不以物喜，不以己悲，超然身外，心向黎民。这样一种开阔的胸襟不仅使先生度过了现实健康危机，更使先生成为一位世纪老人。豁达使人顺时儆省，也使人逆时能够超脱从容。

再看大度。大度应指气量宽宏。心胸狭隘、睚眦必报、自以为是、与邻为壑的人做不成合格教师，更不可能成为优秀教师。大度使得我们环境优化，关系和谐，合作愉快，成果共享。记得《北京日报》曾报道过我的导师、著名教育史学家王炳照先生的事迹。说有一次先生组织一个全国的学术会议，他早早来到会场，接待的第一位到会者是来自外地的年轻教师。那位年轻教师认定先生就是大会服务人员，于是开始抱怨路途劳累。先生笑眯眯地听他发着牢骚，又按照年轻人的指令端来一杯热水。会议开始了，年轻人才发现大会主席竟是刚才为自己服务的那位老人，而且这老人就是他自己非常仰慕的王炳照先生！先生大家风范，我们这些作学生的确有"仰之弥高，钻之弥坚"之感。跟着先生做研究，除了学术上的收获，我们更多的是感受到了先生那种对人对社会的大度和雅量。

三看宽容。宽容意指宽大容人。宽容是一种心境，更是一种品性，还是一种品德。宽容对于学生教育尤为重要。没有宽容，学生发展就没有空间，也没有机会，没有起点，没有平台。记得《中国教育报》报道著名心理学家、北师大教授林崇德先生的事迹时记载了这样一个故事：林先生对学生很宽容，他总是以发展的眼光看待自己的学生，容忍他们的暂时粗心，暂时木讷，暂时落后。有一次他让一个博士生去寄一封信。过了一会儿学生慌慌张张回来了。林先生问怎么了，他说先生您重写吧，信让大风给刮跑了。先生并没生气，又重新写了一封。一会儿学生又回来了。先生问他寄出了吗，学生回答说，还好，这回信没让大风刮跑。先生问找回的钱呢，学生说买冰棍吃了。林先生对于这样的学生仍然疼爱有加。这个学生博士毕业后成了一所著名大学的学科带头人，由于科研能力强，每年能够为学校争取到几百万元的科研经费。其实，林先生对学生的宽容是一种对人性的理解，也是一种对后生晚辈的大爱。没有这种理解，没有这种大爱，还要教育做什么呢？

四看善良。善良应是"己所不欲，勿施于人""己所有欲，勿损他人。"我想，古代教育家把达于至善看作教育的最高准则和最终目的是有道理的。有了善，一个人才能毫不利己，专门利人，才不至于违法乱纪，坑蒙拐骗，杀人越货，作奸犯科。善使得政治得民心，经济得振兴，文化得繁荣，教育得发展。已故的国学大师季羡林先生生前很爱荷花。他在北大朗润园亲手栽种的荷花北大人尊称为季荷。有一天一位学生陪他去看季荷。望着那绿油油的一湖季荷，学生对季老说："您看这荷叶长得多好啊！"季老若有所思地说："好是好啊。可做人不能这样，自己活，也得让别人活啊！"原来荷叶茂盛的地方，其他植物就没有生存的空间和机会了。季老托物言志抒发胸臆，关注民生之情，善待民众之怀，令人感动不已。是啊，我们教育出来的孩子如果不关心社会疾苦，不能主动亲近民众，不能为百姓造福，他们就是学富五车，才高八斗，又有何用？教师有善言善行，学生才会言善行善。教师是人类灵魂的工程师，应该在这方面成为学生的表率。

五看勤奋。勤奋应指勤勉奋进。"不花气力，不能成事""一分辛劳，一分收获。"任何人要想在某个领域有一番成就，不勤奋，不努力，不拼搏，鲜有成功的。季羡林先生通晓十几种外语，学贯中西，但他的勤奋是有口皆碑的。季先生是北大朗润园里起得最早的人，因此他屋里的灯也始终是北大凌晨亮得最早的一盏灯。季先生一生勤奋，是我们后学老老实实学习的榜样。我想，老先生们之所以能够成才成家与他们的勤奋和努力是分不开的。我记得我在北京师范大学读博士时，每次在学校一打电话，不论是节假日，还是星期天，早上八点至晚上七点，我的导师王炳照先生一准是在办公室里读书、看论文。我们都钦佩先生的学识，佩服先生的记忆，可先生总是谦虚地说，其实人与人没有那么大的差距。他的意思是人和人有差距，但这个差距没有大到教育和学习不起作用的地步！勤能补拙，勤能成事，勤能成就事业，勤能成就伟业。做教师的懂得这个道理，并把这个道理传给学生，会使他们受益终生。我时常想，做个勤奋的教师，带一批勤奋的学生，也是人生的一大乐趣。

六看智慧。智慧概念宽泛，当指人们认识和改造世界的根本方式和方法。教师应该具有教育智慧，也就是应该有认识教育现象和解决教育问题的方式方法。教育是培养人的一种社会实践活动。教育涉及到世界观、人生观、价值观、方法论等方方面面。因此，做教师的不能为教学而教学，为教育而教育。教书育人，需要人生智慧，教育智慧，教学智慧，管理智慧等。其中，人生智慧是首要的智慧。著名教育改革家魏书生说"人"字笔画一长一短，说明人有长处有短处，安身立命需要相互学习、取长补短；笔画一上一下，说明人生有高潮，有低谷，人生处于高潮时应不自傲，处于低潮时应不自卑，常守泰然自若的心态很重要；笔画相互交叉，说明谁也离不开谁，需要相互支撑，相互合作。他还说，人活一世，态度决定成败，也决定心情。比如，你把别人看作魔鬼，你就生活在地狱里；你把别人看作天使，你就天天生活在天堂里！这实际上已经超出了教育智慧的范畴，这才是人生的大智慧。其实，不仅教师需要这种智慧，其他各行各业的人是不是也需要这种感悟和智慧呢？

回顾过去的三十年，自己时时处处都在名师的引领中努力着、奋斗着、思考着、成长着、快乐着。

谨以此文感谢他们！

（本文原载《天铁通讯》）

近观魏书生

与著名教育家魏书生结识有将近二十年了，他是我的老朋友之一，也是对我教育职业生涯影响比较大的一个人。多年来，魏书生让我感动的事情有很多。

记得第一次专程到盘锦邀请魏书生，提前也没打招呼，贸然前去，突然造访，魏书生不怒不愠，谦和有加，最后还赠我们几个不速之客一人一本书。他见到我名片上印制的名字，提笔写上：赠自鹏老师——自强不息，鹏程万里。当时心中一股暖流涌起。

后来，他如约来天铁做讲座，公司礼堂里座无虚席，让人吃惊的是，千人礼堂外面人头攒动，很多退了休的教师、公司里关心教育的家长们也搬来马扎坐在走廊里听课。掌声如潮，时间恨短。中午用餐，魏书生一碗稀饭、一个馒头、一盘青菜，吃得让人看着寒酸，但也让人敬佩。

后来，我写了《解读魏书生》一文，网上广为流传。大家知道了我和魏书生的关系。一些大学、地方教育局、学校或个人想请魏书生做讲座或讲课就找到我的门上来。魏书生那时没有手机，我就通过他的夫人陈老师联系，陈老师跟我说：魏书生说了，只要是陈老师邀请，别的邀请可以暂时推掉。这让我非常感动。

魏书生老师名气越来越大，很多人觉得他离我们教师很远。但听他讲课，却又觉得他就是我们教师当中的一分子，而且是最普通的一分子。但是他又与众不同。记得一次他在北京师范大学给博士课程班的老师们讲课，学校让我的导师王炳照先生出面接待他，王先生后来打电话告诉我："魏书生是个有自己思想的人"。

前年，人民教育出版社特级教师文库计划出版我的《教师幸福追求之道》一书，指定两位教育家为我的书作序，其中一位就是魏书生。我电话打过去，魏书生正好在国外，说回国详谈。回国后他还在安徽，就把电话打过来，问清缘由，爽快答应："你下令，我干活，半月交稿。"半个月后，稿子如期而至。魏书生手写的序言，洋洋洒洒数千言，他对我叙事作品的分析，对我教育观念的剖析，对我管理工作的肯定和鼓励，让我觉得他简直就是天天坐在我身边的一位同事。

近几日，一位媒体朋友为传播教育艺术，准备创建一个教育艺术工作室，想请魏书生给点鼓励。魏书生接到电话的第二天，题词"松静匀乐，天地人和"就发到了我的邮箱。再次受到感染，受到熏陶，受到教育。

魏书生退休后更忙了。他告诉我，他近三个月的讲课日程已经排满，现在是一天一个地儿，真的成了空中飞人。但他还是那样低调，那样谦虚，那样让人感到亲切。有媒体曾经载文赞扬魏书生：绚烂之极，归于淡泊。可我总在想，一个人只有淡泊，才有绚烂！

近观魏书生，他是这个样子的人。

（本文原载《天津教育报》）

好教师与作品意识

　　教师以传道授业解惑为己任，任重道远，使命光荣。要办人民满意的教育需要人民满意的好教师。什么样子的人才是好教师呢？我们在教育管理中提出教师要有作品意识。

　　一是要带出一个优秀班集体。魏书生说，一个教师如果不做班主任就是吃了大亏。但是做了班主任，怎么带好一个班，在此基础上怎么创建一个优秀的班集体确是一门科学。怎么带好一个班？我们认为，班主任应该让自己带的班级有一个共同的目标，一个美好的愿景，一种向上的精神，一套科学的制度，一个良好的班风。这应该是带好一个班的基本要求。但要创建一个优秀的班集体，班主任还要认真研究、遵循、运用好班级教育教学规律，比如教育受着社会政治、经济的制约，教育要发挥能动作用；教育要适应青少年身心发展和社会发展的需要；教育要协调好学校、社会和家庭之间的关系，协调好领导、科任教师和学生之间的关系，协调好遗传、环境和教育之间的关系等等。只有研究、遵循、运用好这些规律，优秀的班级才有希望形成。一个优秀的班集体是班主任老师的作品。

　　二是要教出一批好学生。作为教师，我们的生命在学生身上得到延续，他们是我们当之无愧的作品。什么是好学生？好学生应当是德智体美劳全面发展、和谐发展、可持续发展的。他们有理想，有道德，有文化，有纪律。教出一批好学生是教师的责任，教师的任务，教师的使命，也是教师的荣耀。我们教育工作者都知道，我们中国教育界有个教育活化石之称的教育家吕型伟先生。吕先生一生热爱教育工作，建树很多，生前曾说过他曾经是上万个学生的老师。学生中工农商学兵都有，有不少成功者。他说自己感到最欣慰的是，这些学生中没有一个人在"文革"期间上蹿下跳的，没有一个人在改革开放时期犯罪胡闹的。这些学生是老人家最得意的作品，这作品无疑也是对先生长期从事教育工作的最高奖赏。

三是要写出一篇好文章。教师集专业学习、专业实践、专业研究于一身。从事几十年教育，作为教师，我们应该结合自己的学习、实践、研究写出一篇自己最得意的论文或论著。这不仅对自己是一种反思、一种总结、一种提升、一种激励，对他人也是一种借鉴、一种启发、一种帮助、一种引领。有位教育家说过，读书、教书、著书是教师的一种理想的生存方式，也是一种理想的生活方式。中外无数教育家的成长成功成就的历程都表明，只有教师有了这样的生存方式和生活方式，他才能在工作中发现乐趣，发现幸福。一篇好文章的意义不在于能否发表、传播、得名，而在于那是教师的热情、教师的付出、教师的思考、教师的悟道。

四是要培养发展好自己。教师忠诚事业，教书育人，学生是教师的作品，其实教师培养发展好自己也是教师自己的作品。我们常常说教师的工作是"春蚕到死丝方尽，蜡炬成灰泪始干"的事业，这说明教师事业的崇高，但这不是教师工作的真正意义。其实，教师的工作还是充满希望的事业，我们教师既为学生幸福发展奠基，给学生以希望和未来，也为我们自己幸福发展奠基，给自己希望和未来。很多教师在三尺讲台上立德、立功、立言。作为教师，我们常常为学生和自己的成长呐喊，为学生和自己的成功雀跃，为学生和自己的成就喝彩。在与学生共同进步的同时，教师自己不断发展自己，不断提升自己，不断完善自己，自己成为自己的作品，这是教师这个职业特有的现象。不把自己当成作品来雕琢的教师是没有希望和未来的教师，也是没有成就、没有快乐、没有幸福的教师。

五是要育好自己的孩子。教师行为世范，在家庭教育中也应该发挥作用。教师成家立业后，有了自己的宝贝，"近水楼台先得月"，一定要利用自己的教育知识、教育技能和教育优势打造、雕塑好自己家里这件独一无二的作品。教师教育好自己的孩子，有着多重的积极意义。其一是亲身感受教育的力量。教育能够改变人、塑造人、发展人、提升人、完善人。教育好自己的孩子，也是一种艺术，要晓之以理，动之以情，导之以行。在教育孩子的过程中，身为家长，身为教师，我们时刻感受着教育的力量。其二是便于了解孩子各方面的需求。"知子莫如父。"教育孩子的过程，也是了解孩子身心发展的过程，他们的愿望，他们的理想，他们的动机，他们的兴趣，他们的爱好，他们的诉求都一一真实地呈现在父母面前，推己及人，这是做好教育工作的基础。其三是为社会做出一份贡献。每一个孩子都是祖国的未来和希望，都是社会主义的建设者和接班人，教师把自己的孩子教育好也是多为国家做了一份贡献。其四是便于总结和推广自己的教育经验。教师教育自己的孩子的过程也是教师总结经验和教训的过程。孩子就是一块试验田，教育试验中，教师作为家长，肯定诚心、精心、细心、耐心、倾注爱心，教育过程中有成功，有挫折，这样的一种直接经验适时适地推广到其他孩子的教育过程中可能会产生意想不到的教育效果。

带出一个优秀班集体，教出一批好学生，写出一篇好文章，培养发展好自己，育好自己的孩子是教师应尽的职责，也是教师一生的职业追求。愿我们的同行们都能具有作品意识，并且能有更多更好的作品问世。

（本文原载《天津教育》）

教育研究的魔力

记不得是从哪一年哪一月起，开始了自己所谓的教育研究。后来我惊奇地发现，教育研究太有魔力，它让自己的教育生活五彩斑斓，充满活力。多少年过去了，全然不知老之将至，今夕是何年。可谓偶遇教育研究，实乃一生幸运！

教育研究有魔力，它让你朝思暮想。从事教育教学和管理工作几十年，对某一教育现象和教育问题的思考和探究往往让我身陷其中，欲罢不能。看到一个现象，心中就有一个问题，自此竟然茶不思，饭不想，夜不能寐，辗转反侧，一番思考和研究后，最终茅塞顿开，豁然开朗。那种收获和喜悦是不搞教育研究的人所不能体验到的。

教育研究有魔力，它让你超越鲁莽。几十年的教育实践告诉我，教育发展是有着自身的规律的，鲁莽地实践，盲目地创新会葬送教育，最终不但不能有所收获，还会将教育引入歧途。几十年里，面对减负，面对素质教育，面对课程改革我们不是鲁莽行事，盲目跟风，而是认真研究规律，遵循规律，运用规律，使得我们天铁教育改革始终能够走在前沿，教育质量和水平多年能够位于全市前列。

教育研究有魔力，它让你动力偾张。教育研究给人以不竭的动力，这是无数优秀教师从事教育研究所证明了的。大家知道，教师从事繁重的教学工作、班主任工作或教学管理工作会有倦怠的时候，但奇怪的是，你在课堂教学之外又加了教育研究这道工序，反倒没有了疲劳，没有了倦怠。何故？苏霍姆林斯基早有论述："如果要使教师的工作有些乐趣的话，应该引导他们走到教育研究的道路上来。"古人云，好之者不如乐之者。你想，工作要是有了乐趣，我们还愁动力吗？

　　教育研究有魔力，它让你神采飞扬。我常跟年轻的教师们说，有没有教育研究是普通教师和优秀教师的分水岭。你可以观察一下，从事教育不做研究的教师会越做越累，越做越没有长进，越做越精神萎靡，而从事研究的教师则会青春永驻，一直精神百倍，气势如虹。无疑，良好的精神面貌来自于研究中积极的思考，积极的探索。很多名师如季羡林、霍懋征、魏书生等成功的教育案例都能充分证明这一点。

　　教育研究有魔力，它让你快速成长。教师专业成长是专业知识增进、专业技能提升、专业思想成熟的过程。教育研究使得教师不仅能够不断改进工作方法，进而提高工作绩效，而且能够不断丰富其专业思想，帮助他逐步向优秀教师靠近。几十年的教育研究，见证了我的专业成长历程：几十年里有400余篇论文发表，成为四家报纸、杂志专栏作家，主编、出版书籍20种，成为学士、硕士、博士，成为英语特级教师，成为天津市人民政府兼职督学，成为天津师范大学教师教育兼职教授、专业硕士指导教师，还曾作为基础教育界唯一一位英语教师，因研究成果突出，荣获"全国钢铁工业劳动模范"称号。

　　教师专业成长的基本途径是学、做、研。专业学习是基础，课堂实践是关键，理论研究则是保障。但遗憾的是，很多同行只是注意了学和做，而对于研究特别是理论研究则不太关注。我和同事们注意到了这个问题，在天铁教育中心的支持下，成立了专家工作室，几年里，我们招徒弟、组团队、定课题、搞研究，取得了丰硕的成果。作为首席专家，我自己身先士卒，六年中在天津教育、天津教育报专栏中公开发表了100多篇文章。即将付梓的这本《学校教育100课》中的文章题材广泛，涉及教育政策、教育理论、教学理论、教研理论、管理理论、教师成长、学生成长、学校成长、教育改革、家庭教育等诸方面。书中还收录了几篇我在全国高校的讲座稿。

　　教育研究魔力无穷。多年的教育研究让我乐趣多多，收获多多，进步多多。但愿我们更多的同行投身到教育研究中来。倘如此，我们教师的专业成长就会逐步进入快车道，教师们的职业生涯就会大放异彩。

（《学校教育100课》序言）

名优教师的更大贡献

名优教师是学校的宝贵资源和财富。近年来全国各个地方涌现出或培养出大批名优教师，比如我们天津市就已经有三批未来教育家奠基工程学员，若干批全国、市级和区县级优秀教师以及特级教师等等。名优教师数量不少，蔚为大观。有的地方，这些教师作用发挥得很好，但有的地方这些教师只是招牌和门面，久而久之，一些名优教师不名不优了，很快泯然众人矣。这是非常可惜的事情。其实，名优教师得名变优后，应该有更大的作为，更大的贡献。

首先，提升实践水平。名优教师之所以得名变优是因为其教育实践是有特质的，比如信念坚定，目标明确，过程扎实，自信执着，科学高效。但是，名优教师要提升实践水平，还需有更多的反思和研究。比如，要反思和研究自己的实践中还有哪些是可以再改进一下的，哪些还不如同行做得好，哪些方法还可以进一步优化，哪些模式还可以更加完美，哪些理念更符合教育教学规律。这些问题的反思和研究往往使得一个教师的实践水平提高一步，也往往使得一个教师的理论和实践更为成熟。反思和实践是创新的需要，也是提升的需要。一个教师就是再优秀，如果不反思，不研究，盲目自大，封闭自我，就失去了创新的机会。失去了创新的机会无疑就失去了改进的机会、提高的机会、变得更为优秀的机会。名优教师在这方面应该做得更好，只有这样，他才能够成为教育领域内的常青树和不老松，才能让更多人仿效和学习。

第二，带出优秀团队。一花独放不是春，百花盛开春满园。一个教师自己优秀作用甚微。他要发挥领导、引领、带动作用。在他的感召下，要形成一个人数众多的优秀团队。这个团队应该有共同的理想，共同的愿景，共同的追求，共同的目标。全国各地成立的名师工作室大都有这方面的考量。就是想以工作室为载体，为中心，为媒介，走出去，请进来，立典型，树榜样，给任务，压担子，做课题，出方案，千方百计促进更多年轻教师尽快成长。工作室发挥辐射作用，把优秀教师的先进教育理念，先进教育方法传播出去，传播开来，使得一大批有志向的青年教师聚集在名优教师周围，逐渐地，学校风气变了，教师精神状态变了，一个优秀的教师团队形成了。在一所学校里，当一个学科团队形成时，这个学科就会变成优势学科。而当多个学科团队形成时，这个学校就势不可挡，一定会创辉煌了。

第三，扩大教育影响。一个名优教师的影响大小取决于他的教育教学理念的传播范围和教育教学方法的推广规模。我们看一看全国的名师，他们确实是师德的表率，育人的模范，教学的专家，教研的能手，教改的专家，理论和实践确有建树，加之媒体和个体的宣传和传播也确实到位，因此，他们在教育领域内的影响如日中天。比较看来，我们有些名优教师在一些方面做得也很好，但在业内却影响甚微，原因是多方面的：一是学校对他们的深度宣传不够；二是他们自己主动性较差；三是缺少一个让他们展示自己的平台。因此，我们需要积极做些工作。一方面，要积极鼓励名优教师主动展现自我，宣传自我；另一方面，要积极创造条件为名优教师搭建展现自我、宣传自我的平台。好酒也怕巷子深，好的理念和方法足不出户，束之高阁，对名优教师本人来说是一种浪费，对教育事业来讲，也是一种损失。所以，借助现代媒体的传播，对名优教师进行实事求是的宣传和推介，对于扩大名优教师的教育影响，对于打造一支德艺双馨的教师队伍，对于促进教育事业的长远发展意义重大。

最后，形成思想高地。名优教师的最高境界是什么？恐怕不是单纯地能做一节漂亮的公开课，能带出一个优秀的班集体，当然，这些对一般教师重要，对名优教师也很重要。但对一个名优教师的要求要远远高于这些，即应该形成思想高地。名优教师的贡献在于思想，即教育思想，教学思想，管理思想等等。思想决定行为，思想引领行动。几千年的中国教育史乃至世界教育史是由无数个有着伟大理想和伟大实践的伟大教育思想家们创造的。翻开教育史册你会看到中国的孔子、孟子、蔡元培、陶行知，你也会看到外国的苏格拉底、柏拉图、夸美纽斯、赫尔巴特和杜威。我们耳熟能详的教育名家还有苏霍姆林斯基、霍懋征、吕型伟等，他们也是我们的楷模。这些名家的贡献不仅在于他们带出了多少弟子，更在于他们提出了自己的思想，如有教无类，民贵君轻，个性自由，教学做合一，和谐发展，顺应自然，明了、联想、系统、方法，从做中学等等。当我们今天在进行教育理论研究和教育实践探索的时候，我们不禁为这些先贤和前辈的思想高度而由衷赞叹。我们今天的名优教师们也在书写着创造着教育的历史，在这个过程中也一定要像先贤和前辈那样能够站得高，望得远，以形成自己的教育思想高地。

　　总之，名优教师成名后，任重而道远，只要再接再厉，他们就能为教育做出更大的贡献。

（本文原载《天津教育》）

读魏书生　看教师幸福

最近，读了魏书生新著《我是这样做教师的》一书部分章节，对教师幸福有了新的看法和新的认识。

第一，教师有双倍的收获。魏书生指出，教育是一种可以给人以双倍精神幸福的劳动。教育的对象是人，是学生，是有思想、有语言、有感情的学生。教师劳动的收获，既有自己感觉到的成功的欢乐，更有学生感觉到的成功的欢乐，于是教师收获的是双倍的，乃至更多于其他劳动数倍的幸福。

教师以教书育人为己任，自己在成长，学生也在成长，这无疑是双倍的成长，双倍的进步，双倍的快乐，双倍的幸福。当一个教师看到学生有了进步，当一个教师在教育教学中取得显著成绩桃李满天下时，喜悦、幸福和收获确实是难以计数的。

第二，教师有境界的提升。魏书生认为，人真正的幸福和愉快是有能战胜自己某些狭隘东西的感觉。当我们以昂扬、乐观的态度去看待生活时，我们就会生活在高尚、昂扬、乐观的生活之中。

教师以立德立功立言为自己的职业追求，他们的思想境界高于一般世俗的人。这不仅是教师个人修身的需要，更是教师以身作则、师范他人的需要。"贫贱不能移，富贵不能淫，威武不能屈"不仅是口号，也是道德操守。教师不狭隘，学生才大气。教师不低俗，学生才儒雅。教师不消极，学生才昂扬。教师不悲观，学生才乐观。教师是学生的镜子，学生是教师的影子。为了一份责任，为了一个使命，教师需要不断提升自己的思想境界。

第三，教师有仁爱的输出。魏书生提出，人的幸福，主要不是取决于自己得到别人多少爱，而在于他输出给别人，输出给国家、民族多少爱。得到别人许多爱，却不知道爱别人的人，一定是一个欲壑永远填不满的失望者、牢骚者、病态者。自己全身心爱过别人、集体和国家的人，即使从别人、集体、国家那里得到的很少，在心理上也是安宁、满足、自豪、幸福的。

孔子说，"仁者，爱人。"教师是仁者的化身，是爱的使者。可以毫不夸张地说，没有哪一个行业能够像教师一样无怨无悔地对待自己的工作，无私无隐地对待自己的学生。这种爱如春风化雨，润物无声，而且没有任何功利，不求任何回报。有教育家说，没有爱就没有教育。教育从某种意义上说，是教师爱的输出，爱的传播，爱的诠释，爱的宣示。自爱爱人使得教师变得崇高，变得快乐。

第四，教师有精神的享受。魏书生说，幸福不是物质的，尽管它和物质紧紧相连。幸福是精神上的概念。我的体验是：幸福是欲望和需求之间得到了平衡。因此，我们每个人应当培养一种社会上可以实现的欲望。比如说我的欲望是做实事。这可以实现，因此，这就容易获得平衡。每做一件实事，便是幸福。

教师的幸福多种多样，最重要的是精神上的充分享受。魏书生做教师、做校长、做局长，实现了自己的人生价值，在盘锦、在辽宁、在全国都影响很大，但读他的书，你会觉得他很平常，感觉他就是我们当中的一员，因为他做过的事情就是我们正在做着的事情。但同时你又觉得他很不平常，你会觉得我们离魏书生很远，我们一生都需要不停地追赶他，才能缩短我们和他的距离。因为他对人生、对教育、对教学、对管理的思考是我们大多数教育工作者所缺乏的。差距在于思考的深度，在于精神的追求。我们确实应该向魏书生学习，淡泊名利、脚踏实地、快乐做人、幸福做事。

第五，教师有心灵的塑造。魏书生说，教师应具备进入学生心灵世界的本领，不是站在这个世界的外面观望，更不是站在这个世界的对面牢骚、叹息、愤慨，而应该在这心灵世界中耕耘、播种、培育、采摘，流连忘返。如果真能这样，那他将感觉到自己日夜生活在幸福之中。

教师是人类灵魂的工程师，是塑造自身和学生心灵的人。魏书生强调，教师要守住精神家园，实际上就是守住自己的心灵家园。守住心灵家园就要不为外面的世界所惑，而是要专心致志地一心一意地在教育园地里耕耘和收获，不断地使得自己和学生的心灵得到塑造、得到美化、得到完善、得到升华。这是一种宗教般的修炼，是一种幸福的人生体验。

第六，教师有人生的导引。魏书生强调，应想方设法使学生忙起来，更重要的是让学生体验到忙的乐趣，诱使学生感到忙是一种幸福，一种需要，一种心理上和生理上都离不开的需要，使学生的大脑皮层上产生这种需要的兴奋中心，然后不断加以强化。这是变懒惰的人为勤奋的人，变无用的人为有用的人，变寄生的人为劳动的人的有效办法。

教师承担着"传道授业解惑"的任务，是学生的人生导师。他对学生工作、生活、学习的指导和引领影响巨大。现实生活中，很多学生就是因为教师的一句鼓励、一个示范、一个暗示、一席谈话改变了态度、改变了一生、成就了学业、成就了事业。

魏书生做教师，有实践、有思考、有总结、有悟道、有理论提升，因此，他成了拥有职业幸福感的优秀教师和优秀教育管理工作者，但愿我们这些做教师的和学校管理工作者也能从中有所反思，有所收益。

（本文原载《天津教育报》）

讲个故事给你听

——从一只鹦哥谈起

　　一位爱养鸟的同事给我讲了一件趣事：一个星期日的上午，有客人到他家串门。两位老兄谈兴正浓，突然听见几声咳嗽，来人着实吓了一跳。因为屋内并无旁人。我的同事见他那种表情，便大笑起来，解释说家里养了一只鹦哥，咳嗽是鸟所为。客人也乐了："没想到，鸟也会咳嗽，真逗！"可这时，鸟一边咳嗽，一边说："咳……咳……少来这个，少来这个！"原来，这只鸟是同事买的成鸟，鸟原来的主人大概有气管炎，天天咳嗽，并经常说："少来这个"，于是久而久之，这只鹦哥不仅学会了咳嗽，自然而然地也学会了"少来这个"这句话。每天早晨，太阳光一射进窗内，鹦哥就活跃起来了，又是咳嗽，又是喊叫，你说这事可乐不可乐。

　　可乐之余，我不禁想起孩子的教育问题。尽管孩子与鹦哥不可同日而语，但从"鹦鹉学舌"中我们可以得到启发。我认为，教育孩子除注意身教外，还要特别注意言传，即应讲求语言艺术。

　　其一，要明其理。即在教育孩子时要给孩子摆事实，讲道理，让他懂得"是什么，为什么？"要传授给他处世为人的道理。我曾遇见过这么一位家长，春节前领五岁的儿子去看姥姥，爷俩一边走一边聊。父亲说："我们的蛋糕送给谁？"儿子说："送给姥姥。"父亲又说："告诉你，到姥姥家别吵着吃蛋糕。"儿子问："为啥？"父亲说："蛋糕有毒！"孩子仰头看看父亲，一脸的茫然。原本父亲怕孩子在姥姥家不懂事理，但他并没有采取正确的教育方法。你想，把"有毒"的蛋糕送给别人，这在某种程度上不又毒害了孩子纯洁幼稚的心灵吗？

其二，要求其当。家长对孩子使用的语言要适当，即应讲究场合、时间、方式、对象等等。首先，忌脏。不可在孩子面前说脏话。其次，忌谎。不要教孩子说谎。要教育孩子敢说真话，敢说实话。再次，忌黄。"少儿不宜"的话和事不要讲给孩子听。还有，忌狂。要培养孩子谦虚做人，踏实做事的品格。

古人云："教妇初来，教人婴孩"。孩子是家庭的希望，祖国的未来。为了让孩子能给家庭带来幸福，为祖国建设做出贡献，孩子的教育当从婴幼儿抓起，应从家长的一言一行做起。否则，定会出现前面所说的"鹦哥"一类的憾事！

（本文荣获《中国教育报》"教育孩子的艺术"征文三等奖）

师生情

又是一年教师节。

记得在学校当老师的时候，每逢教师节或新年是我最高兴的日子，因为此时总能收到来自祖国四面八方的学生写满祝福和谢意的各式各样的贺卡。这些贺卡饱蘸着老师殷殷的教诲之情和学生拳拳感激之情。

我从21岁当老师，那还是一个乳臭未干的年龄，却也沾了祖师爷的光有了一个"老"字。中国学校原是养老、藏米之所，只有老人才能担当起教育后代的任务，大概正是因为如此，做教师的无论年长、年幼都一律称作"老师"。"老师"有多重含义：有德行、有威严、有知识、有经验，应是"学为人师、行为世范"。作为学生，我有着非常特殊的求学经历，在校学习只有八年半时间，却靠自学挤入了中国学术的象牙塔，这其中浸透着数位老师无私的关爱和扶携之情。每每忆起，不能释怀。

记得1988年我与一位叫张鹏的考生成为天津市高等教育自学考试最早仅有的两名英语本科毕业生。当时天津外院指定朱怀沛教授任我的论文指导教师。我当时做了一篇题为《论语言音义之间的关系》的英语论文，文章3万字左右，先生对我要求很严，引文出处检查得一丝不苟。我从另一本书上引了《罗密欧与朱丽叶》一幕上的内容，先生当场指出，引错了。我说，这是二手引文。先生说，我带你去图书馆，你查一查原文就知道了。我去图书馆一查，果然是那本书引错了，我又以讹传讹。先生对于英国文学的纯熟程度令我钦佩不已，先生对我说，事情不做是不做，做就要做好。在他的指导下，我的论文后来得到了答辩组的一致高度评价。外语系的系主任看了论文激动地说："这个专业天津市如果只授一个学位也会授给你！"其实那时候，我还不知道什么学术规范，是朱教授把我引进了学术的大门。

2000年，经过三年的硕士课程的学习和严格的国家考试，我得到了梦寐以求的硕士学位的授予资格。当时天津师范大学指定甄德山教授做我的指导教师。甄先生思维敏捷、为人直率，我当时做了一篇《论教学整体优化》的论文，论文有6万多字，先生改了五稿，而且是字斟句酌，从文章立意到篇章布局到遣词造句，一处也不放过。当时论文中有个错别字，先生毫不客气地写道："你还写错别字！"这件事让我汗颜至今，但每当想起老师那种严谨治学的精神便肃然起敬。甄先生对我极好，而且在学术方面对我多有褒奖，我每发表一篇文章，先生都要找来看上一看，并评点一番，他每谈及自己的学生在学术上的造诣时都会很兴奋，脸上都会溢出幸福之情。他的硕士生小白考上华东师大著名教育家叶澜的博士生时他高兴，当我考上北京师范大学著名教育史学家王炳照先生的博士生时他更高兴。他让我懂得老师就是这样的无私，他们是把学生的进步看作是自己学术和生命的延续。

45岁时，在公司的支持下，我走进了仰慕已久的北京师范大学，并在那里见到了仰慕已久的著名教育史学家王炳照先生。先生当年已七十多岁，是我国教育史学界的大家，是泰斗级的专家。他为人谦和、著作等身，道德、文章堪为师表。一次听完王先生的课后，我与先生交谈，先生便爽快地给了我联系方式并把家里的电话告诉了我。后来，我产生了作他的学生的想法。先生让我先把论文寄给他看，我在自己公开发表的几十万字的论文中选了七万字给先生寄了过去。教师节后，先生通电话对我说，文章一字一句都看了，你好好准备吧！话是这么说，我的心理压力很大，一是因为北师大是我国最知名的师范院校，考博难度大，很多人都视为畏途；二是因为王先生是名家，报考的人多，考生的水平也高，我的本科、硕士都不是这个专业，但靠着多年的学养，我还是咬牙坚持了下来。三场大考，一场复试，门门过关，成绩在几十人中名列前茅！我很高兴，先生也很高兴，再次见到先生时，先生笑眯眯地看着我，他对于后生的那种慈爱之情让我内心里十分感动。我不过是一个基层普通的教育管理干部，先生却如此公平地给了我求学的机会。于是在接到北师大红彤彤的博士录取通知书时，我很世俗地给先生家拨了一个电话，意在表示感激之情。先生当时未在家，师母接的电话，听清了原委后，她对我说："你不用客气，先生教学生天经地义、义不容辞。你选先生，先生也在选你，你工作这么多年，还能考出这样的成绩，我很钦佩你！要报答老师的话，你只要好好读书就是了。"撂下电话，我的心情久久不能平静。老师的责任是"传道、授业、解惑"，教书育人是天职，除此之外，老师别无他求呀！是王先生让我真正懂得了老师既是经师也是人师的道理。

在我谈起我的几位老师时，我的一位工作上小有成就的同学也谈起老师对自己的关爱。这位同学师范学校已毕业18年。18年里她的老师田先生仍然对她关爱有加、鼓励不断，并像当年批改作业一样在今年为她亲自审阅、编辑出版了一本专集。田老先生已70岁高龄，还激情满怀地写了一首诗诠释师生之情。先生的诗作热情洋溢、意蕴深长，读来令人遐思、令人动容，敬抄如下，好文共赏：

师生之情 / 是怎样一种情 / 亲情 / 稍重 / 友情 / 嫌轻 / 似海如山 / 太俗 / 天高地厚 / 生硬。

师生之情呀 / 该怎样形容 / 它存在于李太白笔下之潭水 / 俞伯牙手上之琴声 / 毛泽东的书信里 / 江泽民的拜访中 / 教科书的字里行间 / 作文本上的点蓝圈红。

眼前黑板 / 耳边电铃 / 头上雪飞 / 鬓角霜凌 / 操场上厉吼 / 走廊里柔声 / 星星落 / 太阳升 / 白粉笔 / 红烛影 / 批卷时的对号 / 走路时的弓形 / 论语中之循循 / 校门口之挺挺 / 拿起电话时那一声亲切 / 拆开信封那一段关情。

老师 / 学生 / 天底下最好的搭档 / 人世间最美的名称 / 为师不悔 / 耗尽膏血 / 为师无愧 / 献爱心给祖国 / 寄希望于学生 / 师生之情呀 / 就该这般形容。

三代书虫

我家有三个书虫。

我，算是一个老书虫。

记得小时候没有太多的书看，就趁着父亲不在家的时候偷看他藏起来的《日日夜夜》《青春之歌》《第二次握手》那几本小说。恢复高考后，考入静海师范学校，我学的是英文专业，眼前似乎又打开了一扇窗。两种语言交替，中西文化交融，真所谓相映成趣，视野大开，让我真正领略了培根所说的"读书足以怡情，足以博彩，足以长才"的境界和妙用。

1980年师范学校毕业，为了支援天铁建设，我辞别海河，辞别家乡，一头扎进了千里之外河北涉县的太行山。立身在教室里，面对学生那一双双渴望求知的眼睛，我清楚地意识到自己学的那点知识真不足以自信地站到高中的讲台上，于是我就暗暗下定决心：书接着读下去！

哪承想，这一读就是三十多年啊。

先是读电大。读电大时我在一个离电大工作站10多里远的一所学校教书，每次去听课去考试赶不上通勤车我就跑着去跑着回，每次考试成绩都是名列前茅。看着我那个学习劲头，大家挺纳闷：这小子哪里来的这精气神？其实，他们不知道，那时候我读书已经开始上瘾啦。

电大毕业了，惯性使然，这书又接着读了下去。我毅然选择了很多人视为畏途的高等教育自学考试英文本科。蹲在山脚下，全部靠自学，一门门、一科科愣是在三年多一点的时间里拿到了本科文凭和学士学位，幸运地成为天津市自学考试英文专业最早的两名本科毕业生之一。我的一位在天津的学友写信问我，他说，自鹏，我们在市里学习条件远远比你强，但你每次都能取得这么好的成绩，不知道你这书是怎么读的？我想了想回信说：其实，我读书也没什么诀窍，只是坚持了四读而已，即"痴读，持读，耻读，炽读"。痴读是指如痴如醉地读，持读是指坚持不懈地读，耻读是指怀着一物不知学者之耻的心态去读，炽读是指怀有炽热的情感去读。坚持了四读，这书就会越读越有劲头，越读越有长进，越读越有精神，越读越有收获。

想来自己就是靠着这四读，最后收获多多。我不仅读了本科，还读了硕士，读了博士，三十几岁成为中学英语特级教师，之后走上教育领导岗位，受聘天津师范大学教师教育兼职教授、专业硕士导师，并光荣地担任两届人民政府兼职督学。重视教育教学研究，先后特邀担任《天津教育》《天津教育报》等四家报纸杂志的专栏作者，使得自己能够在这太行一隅借助诸多教育媒体与更多的朋友论读书、谈思考、讲创见。

儿子，应是个小书虫。

我爱读书，儿子从小耳濡目染，受家庭读书气氛的熏陶也装模作样地读起书来。记得在他四五岁的时候，有一天，我正在屋里看书，有几个小伙伴来家里玩，他对小伙伴们说，走，咱们到外边玩吧，爸爸正读书呢。说着，为我轻轻地掩上房门。见到儿子如此懂事，心中不免一阵感动。但更为感动的是，儿子在家庭和学校的影响下也慢慢成了读书人。

儿子读书与我不同。他赶上了一个好时代，这是一个"海阔凭鱼跃，天高任鸟飞"的伟大时代。读小学，读初中，读高中，他读得一路顺风，一马平川，17岁便考上了一所211全国重点大学，并在那所大学顺利取得了工商管理和法学两个专业的本科毕业证书。

然而，儿子的学习并未到此结束，他大学毕业后幸运地进入德国一所大学继续攻读硕士学位，并如期完成学业。回国后，与女朋友一起顺利进入北京一所高校担任教师。如今的儿子更加热爱读书，他不仅热爱读书，教书也很受学生们欢迎。三十几岁的他已经开始著书立说，更多的著名培训机构向他伸出了橄榄枝。儿子已经初步有了读书人的模样。

孙女，更是个小小书虫。

孙女开馨今年才刚满5岁。但5岁的孙女让我很开心。她的父母都是海归，他们对孩子的教育方式也有些不同，教育过程中更多的是强调兴趣，强调自主，强调自发，强调自立，强调自理，孩子看上去阳光、活泼、自信。

孙女长期在北京，平时我并不常见。每年过年的时候她和爸爸妈妈回来看我，我观察孩子闹的时候特别能闹，但静的时候很静。她兴趣广泛，打扑克、滑旱冰、做手工、画画、唱歌、跳舞都还有模有样，更让人感到奇怪的是，她做事时注意力特别集中，一件事做一个小时也不会厌烦。作为教育工作者，我清楚地知道，注意力是一个孩子未来学业取得成功的很重要的智力基础和习惯素养。

记得去年过年的时候，我正收拾书架。孙女正好进屋，我就拿起一本书逗她说，开馨，你认识这上边的字吗？她看了看，脱口说道："情系北洋"。我吃了一惊。于是就翻开书本让她念了下去。没想到，孩子大部分字都能读出。我更为吃惊。看到我吃惊的样子，儿子儿媳说，不必大惊小怪，开馨特别爱读书，爱讲故事，她现在每天的阅读量已经很大啦。

看着四岁的孙女摇头晃脑、十分调皮、十分专注、十分认真读书的样子，我知道如果教育得当，这小家伙将来肯定会是个念哇哇大字的人。

我真为家里又多个小小书虫而感到无比欣慰。这正是：读书家风恒久远，三代书虫接力传！

意识忧思录

　　1991年暑期，作为一位普通的中学英语教师，我来到风景如画的塞外内蒙古，参加中美文化交流项目——暑期英语教师培训班学习。在短短的四十多天里与来自大洋彼岸的美国教师们朝夕相处，彼此学习，建立了深厚的友情。但有几件往事三年来一直萦绕在我的脑际，挥之难去。

　　往事之一：布置教室。来自美国南部佛罗里达州的Weaver女士在开课前一天布置教室时，首先想到的是把她从美国本土带来的一只垃圾袋挂在教室前黑板右侧墙上。那东西灰不溜瞅，在白色墙壁的衬托下显得异常醒目。说来也怪，一开学，那只小小的袋子就使得班里欲随手弃物的学员立马感到十二分的不自在。

　　往事之二：工作约会。美国领队Jacobson约几位班长协助她做语言实践的准备工作。她要求大家下午1：30准时到场。可1：45有的班长才揉着睡意未消的眼睛来到指定地点。性情急躁的博士一反常态，没有发火，咧嘴笑了笑，揶揄说："Typical Chinese!"（典型的中国人哪！）听到这话，迟到者个个感到无地自容。

　　往事之三：日程安排。这个学习班按原定日程需42天完成学习内容。中方应学员要求想让外教利用周六和周日时间赶一赶课，以便让大家提前几天回单位。谁知此事刚一谈，美方便大为恼火，他们说，"每周五个工作日是我们的权利。周六和周日是法定休息时间，谁也无权破例。"一个"小"问题，老外们上升到"法"的高度来认识，差些引起大风波，着实令许多国人吃惊。

往事之四：毕业会餐。看着桌上重重叠叠的美味佳肴，中国学员镇定自若，声色不动。美国教师则紧锁眉头，忧心忡忡，"这些菜吃不了怎么办？"他们竟显得"小里小气"。

往事之五：娱乐活动。周末晚上，几位中国学员与外教打扑克，中国学员沉着冷静，不紧不慢，一张一张抓着牌。外教沉不住气了，说那样抓牌太慢，坚持讲求效率，起身给大家分牌。

往事之六：课堂提问。一位中国学员在回答外教问题时，因对答案持有异议没有按现成答案作答。其他学员大概觉得这有些"大逆不道"，于是有人议论，有人窃笑，而外教却满脸庄重，耐心地听他把想法说完，最后竟出人意外地给予了高度评价和热情鼓励。

往事之七：博士讲座。Jacobson 博士在给学员讲授美国概况。首先她肯定了美国的现代物质文明，然后又直言不讳地讲到了美国难以解决的各类社会问题：失业、通货膨胀、暴力犯罪、吸毒、离婚率持高不下等等。表情是那样严肃，口气是那样沉重。美国人在对他们拥有的社会文明感到无比自豪时，也并没有夜郎自大、高枕无忧。

我不是民族虚无主义者，选取的几个例子也无意贬低国人，为他人歌功颂德。七件"小"事，有的也许出于偶然，但它们却一直像小山一样压在我的心头。由此产生的忧思使我寝食不安。我感到自己在看到我们中华民族吃苦耐劳、智慧超群的优势的同时，也感到我们身上似乎缺少点什么。

缺什么呢？是科技的落后？还是经济的落伍？我觉得这些都并不可怕，最可怕的却莫过于某些国人精神的不振和意识的麻木。不是么，短短的四十多天里两个民族两种文化的碰撞，使我们看到了我们与西方人在某些方面存在的差距，深刻感受到了我们在意识与观念上的缺憾。"人是要有一点精神的"，何况国乎？倘若我们不改变陈旧的观念，不能睁着双眼看世界，没有西方人那样强的环保意识、时间意识、法规意识、节俭意识、效率意识、创新意识、忧患意识……凡此种种，还何谈四化伟业？何谈民族的振兴？

中国人站起来了，但还需要清醒，需要奋发精神，我相信，一个具有悠久历史的优秀民族，会依靠自己的努力立于世界强大民族之林的。

他们都在为啥而学

　　长期从事基础教育教学实践和理论研究，期间经常会和西方的教育教学理论碰面，但西方真实的课堂是什么样的，西方真实的课堂教学是什么样的，特别是西方的学生都为啥而学习，一直是我感兴趣的问题。最近随天津创新教育和 STEM 教育考察团到美国和加拿大进行短期考察交流，终于有机会一窥究竟。

　　美国、加拿大社会制度与我们不同，他们的教育与我们的教育有很大的差异。细致观察其社会教育机构、幼儿园、中小学课堂和课程设置，美国、加拿大的学生是为着不同的教育目的而学习的。

一、为发展而学

　　柏拉图说，教育是将人从低处引向高处，从黑暗处引向光明处的事业。我们认为这是教育的目的，教育的作用，教育的益处所在。学生学习就是帮助自己发展，促进自己提升。美国、加拿大的教育注重促进学生发展特别是全面、和谐、可持续发展。我们到加拿大温哥华地区的高贵林教育局考察，负责人 Bob 告诉我们，加拿大的大学教育是宽进严出的。因此，学生在小学、初中、高中阶段需要打下良好的知识、技能基础，要特别关注核心素养的养成。学生通过这几个阶段的学习，能够发展自己，丰富自己，完善自己。高中毕业后不论他们是直接参加工作（不在少数）还是继续深造都能够有足够的能力应对各种挑战，能够在不断发展、竞争激烈的社会中立稳脚跟。

二、为创新而学

创新是教育发展的一个主题，没有创新，社会就没有发展，人类就没有未来。教育创新的起点是反思。美国华盛顿特区的一个学区教育长 Dion 介绍说，他一直在反思美国的数学教育，他说20世纪80年代他上学的时候，美国的数学就那么教那么学，他知道那些方法不行。可几十年过去了，现在还那么教那么学，这绝对不行，应该创新教育方法，多向中国同行学习。加拿大温哥华地区皇桥高中的校长 Jim Ion 曾21次来中国，并在上海工作过一段时间，他说创新教育很重要，中国同行有很多值得借鉴的好方法。他认为，创新教育进课堂有五种方法：一是作业不拘一格；二是为创新教育留点时间；三是用相关技术扩展作业思维；四是将非传统学习材料引入课堂；五是鼓励学生开展讨论。他的这些方法正在使学生的学习发生变化。

三、为兴趣而学

兴趣是最好的老师，没有兴趣的学习是枯燥的，是乏味的，是低效的，是没有意义的。我们在弗吉尼亚理工大学动动脑筋 Thinkabit 实验室看到很多孩子在接受 STEM 教育。孙伟博士介绍说，进行 STEM 教育首先要弄清什么是 STEM，也就是什么是科学，什么是技术，什么是工程，什么是数学，什么是 STEM。她说科学强调问题意识，技术强调对自然世界改造，工程强调产品设计，数学强调逻辑思维。STEM 不仅仅是课程或课程组合，更多的是强调理念、方法和整合。对于如何做好 STEM，她建议要以项目为基础，着重培养学生的合作能力、自主性和创新力。要教育我们的学生在学习中不怕犯错误，要为犯更好的错误做好准备，在错误中学习，在错误中进步，在错误中成长，期间重点是培养学生的兴趣。我们仔细地观察了他们 STEM 教育的课堂情况，发现一大群不同肤色的孩子正满头大汗、饶有兴趣地相互讨论、合作设计、自行制作、展示作品。我们在想，也许在不远的将来他们之中将会走出一批设计师、工程师，或许也会产生几个有影响的科学巨匠、技术巨擘、工程大腕或数学大师。

四、为有用而学

学习的目的在于应用，在于学生将来能够成为社会的有用之才。我们的教育有博雅教育，有实用教育。但不管怎样，学生走出校门就要走入职场，就要从事某一个职业，人人如此，概莫能外。从某种意义上来讲，每个人所接受的都是职业的教育。毋庸讳言，好的教育到头来就是让无业者有业，让有业者乐业，让乐业者精业，让精业者立业。美国的教育在这方面做得直接而有效。有趣的是，我们在弗吉尼亚理工大学动动脑筋实验室看到他们用于职业生涯教育的一串串塑料牌卡。塑料牌卡的正面写着职业的名称，如教师、厨师、IT工程师、金融分析师、人力资源师等等，牌卡的反面则明确写着这个职业的性质，这个职业的职责，这个职业的就业前景，这个职业要求的学历层次和大数据下这个职业目前的平均薪金。学生原来对职业是懵懂的，看到这个牌卡后，会初步地对自己未来的职业有个选择和设计，意志坚定的学生此后定会为自己的理想而努力拼搏。我们认为这样一种职业生涯教育非常直观而有效。

五、为未来而学

未来的世界是多民族文化相互融合的世界。未来，你我他会生活在一个和谐的地球村里。因此，教育面向未来，学生为未来而学就更有意义。美国和加拿大的教育非常超前，这一点我们在幼儿园里都能感受得到。我们曾访问一个弗吉尼亚州社区幼儿园。这个幼儿园办得有特色。幼儿园创始人介绍说，多年前因为自己的孩子没有合适的幼儿园可上，于是便和朋友商量合伙办起了一所幼儿园。幼儿园从招收少量短期学习语言的幼儿开始，到现在声誉日隆成为全美优秀的免费的幼儿培育中心。这个园的老师来自15个国家，墙上挂着15个国家的国旗，幼儿则来自世界很多国家。园长说，他们是要培养能够适应未来社会和个体发展需要的世界公民，使得他们长大以后能够在世界村发挥作用。我们观察到这个幼儿园开设了多种外语，如英语、法语、西班牙语和汉语。园长是全美学前教育有影响的专家，操流利的英语、法语和西班牙语。园里聘任的教师具有较好的职业素养，外语水平都比较高。此外，幼儿园重视学法研究，我们印象深刻的是他们提出的完全浸入式外语教学法十分有效。我们观察了一个法语课堂，老师用法语借助绘图本给孩子们讲雪人的故事，孩子们用法语积极参与、踊跃发言，课堂是真正的法语游戏和活动课堂。据园长介绍，有的时候孩子们会用英语提出要求，老师仍然用法语作答，这就迫使孩子不得不用目标语进行交流。据介绍，这个幼儿园培养出来的孩子现在有很多已经长大成人，在全球各个领域各个行业表现十分突出。

六、为卓越而学

我们倡导办好人民满意的教育，而人民满意的教育有很多种评价指标，但最终还是公平而有质量。公平是基础，有质量是追求。有质量的教育是中国教育几千年来的追求，当然也是世界各国教育发展的追求。我们认为，美国教育在公平基础之上的对于精英教育质量的重视是一贯的，是持续的，是卓有成效的，这一点从他们诺奖获得者的人数上就可以得到证实。美国学生表面上看轻轻松松，十分悠闲，其实他们一大部分学生理想远大，他们在为卓越而学习，而努力，而拼搏。我的一位朋友的孩子在美国。他电话里介绍说，他的孙女在初中时智商测验为天才级，学校竭尽全力对其进行重点培养。考高中时这个孩子考到了马里兰州最好的高中，并且进入到这个高中的唯一一个数学天才班里。在这样一个教育环境里，孩子们个个比先争优，追求卓越。更令老师吃惊和高兴的是，这个孩子数学考试回回考满分，前一段汉语考试也拿到了班里唯一一个满分——800分。可以说，美国一大群这样的天才孩子正在不同的学校为卓越学习着，这也是一个国家未来的发展希望所在。

为发展而学，为创新而学，为兴趣而学，为有用而学，为未来而学，为卓越而学，我们中国的教育在保持我们优势的同时也该从中学习到点什么。

我从大山中走来

　　题记：一路走，太行山路漫长。一路望，教育幸福飞扬。

　　上中学的时候读过列子的《愚公移山》。其中有两句话我记得深刻：太行、王屋二山，方七百里，高万仞。本在冀州之南，河阳之北。当时心里憧憬着：高万仞的山，这是一座什么山？我能不能到那里走一走？

　　初中毕业回农村务农的时候看过李云德写的一部描写钢铁工业的小说叫《沸腾的群山》，那时心里梦想着：沸腾的群山是什么样子？我什么时候能有机会到那里看一看呢？

　　谁料想，历经学业上的曲折和磨难以后，我的儿时憧憬和伟大梦想竟然都变成了现实：自己大半生都跟太行山、跟沸腾的群山结下了缘分。

进山

　　1980年6月，从天津静海师范学校毕业后，我告别父亲，告别天津，扛着行李毅然决然地一头扎进了太行山。

　　终于见到了这高万仞的太行山啦。太行山，又名五行山、王母山、女娲山。它位于河北省与山西省交界地区，跨北京、河北、山西、河南四省市，山脉北起北京市西山，向南延伸至河南与山西交界地区的王屋山，西接山西高原，东临华北平原，呈东北—西南走向，绵延数百公里。

　　据有关资料记载，在六亿年以前，太行山地区是一片汪洋大海，后来经过了频繁的地壳活动，地面上升下降，海水时进时退，当海退时，这里沼泽广布，气候温暖潮湿，生长着茂密的森林，因此，形成了太行山区丰富的煤炭资源。以后的一次次地壳活动，使太行山脉逐渐隆起。后又与东西的华北大平原断裂，形成太行东部陡峭、西部徐缓的地貌形态。

巍巍太行山下，蜿蜒清漳河畔，有个古县叫作涉县。

涉县位于太行山东麓，河北省西南部、晋冀豫三省交界处。涉县东与武安市、磁县毗邻；西与山西省黎城、平顺县相连；南与河南省安阳、林州市隔漳河、浊漳河相望；北面与山西省左权县接壤，属深山区。

涉县历史悠久，文化灿烂，是中华文明的发祥地之一。远古时为女娲"炼石补天、抟土造人"之所。早在30万年前就有人类繁衍生息，境内的赵简子城、新桥等遗址和李家巷、北关等古墓群，蕴含了大量的仰韶、龙山及战国和汉文化。据传大禹治水之时，这里属九州之一的冀州地。春秋时属晋，战国时先后属魏、赵，秦属邯郸郡。汉高祖刘邦元年（前206年）为涉县立县之始，距今已有两千多年历史，始置沙县，后改为涉县。

涉县素有"秦晋之要冲，燕赵之名邑"之称，"八山半水分半田"是涉县总的特点。涉县自古乃商贾云集、兵家必争之地。抗日战争期间，八路军129师在师长刘伯承、政委邓小平的率领下，临危受命，东渡黄河，挺进太行，运筹涉县赤岸村，浴血千里太行山，创下了赫赫战功，形成了一支享誉国内外的雄狮劲旅"刘邓大军"。当时有110多个党、政、军、财、文等机关单位在涉县驻扎长达10年之久。新中国成立后，从这块红土地上走出了我国改革开放的总设计师邓小平和两位元帅、三位大将、18位上将、48位中将、295位少将，先后有近百位129师老领导担任党和国家重要职务成为第二代领导集体的中坚力量，开创了中国改革开放的新纪元，这块红色热土因此被誉为"中国第二代领导的摇篮"。

1969年8月5日，经国务院和中央军委批准，由天津市在涉县境内建设一个现代化的钢铁基地，这项工程被命名为6985工程，天津铁厂自此诞生。

1970年3月，6985工程破土动工。不同行业、不同年龄的6万建设大军从祖国的四面八方汇集到河北涉县，开始了最初的创业。在施工机具极度缺乏的情况下，创业者们以"愚公移山"的气概，人拉肩扛，移山填谷，引水接电，日夜奋战，在很短的时间内实现了三通一平。1972年2月第一座焦炉投产。同年4月30日，是天铁人都不会忘记的日子。17点30分，是一个激动人心的历史性时刻：天铁第一座高炉炼出了第一炉铁水。同年5月15日，首批生铁运抵天津，向天津市委和全市400万人民报捷，从此结束了天津"手无寸铁"的历史。

45年的天铁在涉县这块热土上书写了一段光荣的历史。让我感到光荣的是，天铁建厂11周年时，我从千里之外的天津只身来到太行山，来到邯郸，来到涉县，来到光荣的天铁建设者中间，自此成为一位光荣的天铁人。

登山

天铁是一个独立的工矿区，有职工和家属5万余人。随着企业的发展，孩子的教育问题也提到天铁发展的议事日程上来了。

据有关资料记载，建厂初期，天铁教育一片空白。然而就是在这一张白纸上，天铁人用生花妙笔绘出了一幅又新又美的图画。1971年，天铁只有一所中小学合校，共508名学生，在借用的校舍上课。到1991年，一座座教学楼拔地而起，普教系统相继建起5所幼儿园、6所小学、3所初中、1所高中，合计有学生5341名。另外建有电大、中专、技校、党校各一所，形成了从幼儿教育到基础教育、职业教育、干部教育的完整教育格局。在企业的支持下，几代师生共同拼搏，共同努力，天铁教育也走过了一条从无到有、从小到大、从弱到强的教育玄奘之路。

我就是这条教育玄奘之路上的一个亲历者，一个跋涉者。作为一名普普通通的教育工作者，自己咬定青山，攀行不止，努力做好三件事：做学生、做教师、做管理。

做学生，我先后读了科技英语翻译专业、英语语言文学专业、课程与教学论专业和中国教育史专业。读书一日不可少，逐步地成为自己的生活习惯。到现在仍然如饥似渴、手不释卷。我读书时，经常会有朋友打电话来问我正在做什么，我开玩笑说，在过贵族生活。他们问，什么贵族生活？我回答，在读书。他们纳闷，读书是多么痛苦的事，怎么是贵族生活？我说，你看，只有当一个人不用忙于生计，不用天天为生活而奔波时才会有时间坐下来静静地读书。读书足以怡情，足以傅彩，足以长才。喜欢读书其实是一种生存方式，一种生活状态，是一种天大的享受，还不是贵族生活吗？俗语说，书山有路勤为径，学海无涯苦作舟。但在我这儿，攀登书山勤是有的，苦没怎么觉得，乐倒是有很多。

做教师，我始终舍不得放弃那三尺讲台。做了19年英语教师，带过5个班，送走过一批又一批学生。天天跟天真烂漫、生龙活虎的孩子们打交道，心中纯净，心有感动，心生感悟，心花怒放。讲台上一站，所有的烦恼，所有的忧愁，所有的不快，都烟消云散了。看着孩子们那清澈的眼睛，那绽放的笑脸，那专注的神态，你会受到感染，你会深深陶醉其中。现在，能够有机会到大学课堂里或一些学术论坛上跟大家交流，谈理想，谈愿景，谈教育，谈教学，谈管理，相互切磋，相互启发，相互学习，相互提高，这是一种感性而又理性、紧张而又快乐的生活，你说，哪里还有疲倦？不知疲倦的工作精神，轻松自如的良好心态，科学有效的教学方法让我迅速成长为一名优秀的英语教师。我在工作中始终努力地瞄着这样的目标：要做师德的表率、育人的模范、教学的专家、教研的能手、教改的先锋。

做管理，我尝试各种管理模式。若从做班主任算起，至今我做管理已经有三十年。我深知，学校管理是一门科学，也是一门艺术。当你真正掌握了管理的科学，能够做到科学管理并艺术化的进行管理，那是一种创造，一种享受。做校长和教委主任后，在集团公司领导和同事们的支持下，我们做了若干种管理实验和试验，有过经验，有过教训，最后都取得了比较好的效果，伴随着媒体和个体的传播，我们的想法、做法和说法在业内形成了一定的影响，使得天铁这个远离城市、远离繁华、远离中心、远离关注，本不典型的"小规模的大教育"得以声名远扬。登高望远，我知道我们离理想的高效教育管理还有相当的差距。但每每谈起天铁教育，谈起天铁教育的优质，我和我的同事们一样，无不感到骄傲和自豪。

在三十几年的教育征程中，自己不敢有丝毫的懈怠，丝毫的动摇，也逐步理解了"活到老，学到老""不花气力，不能成事""世上无难事，只要肯登攀"的深刻含义。我满意自己是个知道努力并且永远奋发向上的登山人。

乐山

近二十年来，多少次，多少单位曾向我伸出橄榄枝，其实我只要首肯一下，便可堂而皇之地离开天铁，离开天铁教育。但是我太爱这里的企业，太爱这里的教育，太爱这里巍峨的群山了。仁者乐山，乐山让我沉下心来与同事们做喜欢的事业。

乐山，我扎根太行，默默耕耘，学有所得，做有所成，研有所悟。同行们评价说，自鹏是以一种精神和境界幸福地学习着，幸福地工作着，幸福地思考着，幸福地研究着，幸福地传播着，幸福地成就着。

我追求幸福学习之道。几十年里读书学习，坚持不懈。靠自学，先后取得专科学历、本科学历及文学学士学位和教育学硕士学位，成为天津市"自学成才"典型。我曾代表天津市10万自学考试考生在天津市庆祝自学考试25周年大会上介绍自己的自学经验，影响了一批又一批在自学考试征途上拼搏的有志青年。我在45岁时以较好成绩考入北京师范大学中国教育史专业，师从我国著名教育史学家王炳照教授攻读博士学位。不轻易夸奖人的王先生后来对别人说：自鹏是我带过的学生中最省心的学生。

我追求幸福工作之道。做英语教师19年，深得学生爱戴和同行好评，我39岁被天津市人民政府命名为中学英语特级教师。几十年来我既做教师，又做管理。做过小学教师、初中教师、高中教师、大学教师；做过班主任、教务主任、校长、教研室主任、教委主任等。常常是边教边管，扮演着双重的角色，承担着双重的压力，进行着双重的创作，也享受着双重的幸福。

我追求幸福思考之道。在几十年的学习、工作中常常是学着、做着、思考着，并且常常在思考中深化着、完善着、升华着自己的实践和理论。最有意思的是，对实践和理论的思考常常让我着迷，让我沉醉，让我顿开茅塞，让我欣喜若狂。不做教育工作的，做教育工作不爱思考的，决然没有这种感觉，没有这种体验。我庆幸自己做了教育工作，也庆幸自己做着教育工作养成了思考的习惯，更庆幸自己在思考中时常有新的收获。

我追求幸福研究之道。我认为，教师集专业学习、专业服务、专业研究于一身。对教师成长而言，专业学习是前提，专业服务是关键，专业研究是条件。作为教师，我深谙其道，也在教育教学和管理中享受着研究的快乐和幸福。十几年里，我的手中诞生了《老师帮你记单词》《老师帮你学语法》《我做学生——从顽童到博士》《我做教师——从普通教师到特级教师》《我做管理——从班主任到教委主任》《中国中小学英语课程教材教法百年变革研究》等多部著作。曾经六次获得天津市教研教改成果奖，两次获得天津市基础教育教学成果奖，一次获得中国中小学幼儿教师奖励基金会优秀著作奖，并先后成为《成人教育报》《招生考试导报》《天津教育报》《天津教育》杂志专栏作者。以文会友，以此为平台，以此为媒介，我得以结交一大批志同道合的朋友。

我追求幸福传播之道。从事教育教学教研以及管理几十年，重视对外传播交流，多年来，多次被邀到天津师范大学、南开大学、北京师范大学、人民教育出版社以及山东、河北一些地区教育局、教育中心、教研室做学术讲座，与同行共同研讨交流。在天铁教委的支持下，天铁成立了"陈自鹏工作室"。工作室聘专家，招徒弟，使得自己的教育教学管理思想得到传播交流借鉴。自己也常常在传播交流中有新的发现、新的悟道。

我追求幸福成就之道。几十年的努力成就了事业，成就了教师，成就了学生，也成就了自己。由于工作努力，成绩突出，组织上给了我很高的荣誉。我多次荣获天铁集团优秀领导干部称号，2007年被评为天津市优秀教育工作者，同年被天津师范大学聘为教师教育兼职教授，2011年被天津师范大学聘为教育管理专业硕士指导教师，2013年被天津市人民政府督导委员会聘为政府兼职督学，2014年荣获全国钢铁工业劳动模范称号。

我与师生幸福地享受着天铁教育的成果。二十几年里，天铁幼儿和学生全部就近入园、入学，实现了均衡发展、教育公平。职业教育培养的毕业生100%就业，广受用人单位欢迎。初中、高中教育质量成为天津市一块优质品牌，一批批优秀学子从这大山深处走向全国、迈向世界，清华、北大等知名高校的校园里都有众多天铁子弟的身影。天铁教育虽远离天津，远离城市，却早已闻名遐迩。《天津教育》《天津教育报》等报刊媒体这样报道："沸腾的天铁，火红的教育""天铁教育的玄奘之路""天铁：一个诞生教育奇迹的地方"，天铁教育也被职工亲切地称为"天铁凝聚力工程的半壁江山"。我很欣慰，因为天铁教育发展里面有我和同事们数十年如一日幸福的追求。

我经常在思考这样一个问题：教师的幸福从哪里来？其实它来自教师的职业理想、职业价值、职业魅力、职业道德、职业认同、职业实践和职业成就。从宏观角度讲，幸福是个体对自己、他人以及周围的环境满意的程度。因此从一定意义上说，对自己满意是幸福，对他人满意是幸福，对周围环境满意也是幸福。

教师是否幸福于个人是一种感觉，是一种感受，是一种体会，是一种体验。教师是否幸福于职业则是一种态度，一种精神，一种义务，一种责任。因为道理很简单，一个做教师的你都不幸福，你怎么让你的弟子们幸福呢？你怎么又能够让他们相信从事教育和接受教育能使得人获得幸福呢？所以归根到底，教师的幸福不是别的，就是在自己的学习、工作、思考、研究、传播交流和些许的成就中能够得到满足和快乐。

进山、登山、乐山。山路虽然崎岖，但我和我的同事们走出来的是一条奋进之路，一条发展之路，一条快乐之路，一条幸福之路。

（《教师幸福追求之道》自序）

写给儿子

博儿：

爸爸真的很羡慕你。

不满18周岁，你已跨入高等学府，漫步在重点大学的校园里。爸爸在你这个年龄时，仍在"广阔天地"里两手老茧一身泥，放牛割草，挖沟犁地。同样是品学兼优，但由于那场"史无前例"的运动，于是与千百万有志青年一样，进入高校求学深造的一切希望破灭了。儿子，你的成功固然有你十余年如一日的追求和努力，但希望儿子牢记，个人的命运永远是与祖国的命运联系在一起的，你应该感谢我们这个繁荣、伟大的祖国，感谢我们这样一个繁荣、伟大的时代。

儿子，你还记得十余年来每天上学前妈妈对你的嘱托和望你离校时那慈祥、期盼的目光吗？你还记得年逾古稀的祖父迈着苍老的脚步接送你来去考点的情形吗？孩子，这体现的不仅是长辈对晚辈的责任和关爱，更重要的是体现了一种人性的崇高和对未来的希望。培养孩子成才不仅是为了家庭，更是为了国家，虽然他们需要付出时间、精力和财力，但青少年强则国家强，你的肩上担负着家庭、社会和国家的希望，因此，要珍惜机会，刻苦读书，不辜负亲人对你的希冀和付出。

儿子，你最不应忘记的是多年来为你的成长付出心血和汗水的老师们。从你蹒跚学步，到你长大成人，多少老师引你入门，给你知识，教你学习做人。困惑时，引你走出迷津；困难时，向你伸出帮助之手。你是站在老师们的肩上才能有希望站得高、看得远的，铭记师恩、不忘教诲，做一个让母校和师长感到骄傲和自豪的人，儿子你要百倍努力啊！

　　高考是一场竞争，通过高考，你榜上有名，成为同龄人中的暂时赢家，父亲应该向你表示祝贺。但今天的成功并不意味着明天的辉煌。若要做一个永远的赢家，你应该把入大学看作是人生的起点，要不停地追求、不停地奔跑、锤炼思想、增长才干、强健身体、全面发展，做一个明是非、知善恶、懂美丑、脚踏实地、奋发向上的人。入大学后还要学会照顾自己、学会料理生活，要尊敬老师，要团结同学。相信在老师们的辛勤培育下，儿子一定能够成为一位优秀的大学生。父亲期待着。

　　祝：学习进步，生活愉快，万事顺意！

父：陈自鹏

2000.9.1

（本文原载海南省《考试报》）

写给父亲

爸爸，很遗憾，现代医疗技术和儿孙的孝心也未能挽留住您85岁蹒跚的脚步。痛哉！

爸爸，您几十年里，仁爱他人，心中想着别人，念着别人，而唯独不想着自己。您照顾了老人，照顾了儿孙，照顾了亲戚，照顾了朋友，照顾了邻居，照顾了很多素不相识和需要帮助的人，而我们却很少有机会照顾您。我们本来想花上一笔钱让医院把您的病治好，或者待您恢复以后我们一定说服您到我们身边生活，也好让我们有个照顾您的机会，但是您却独自离去，永远不会给我们这个机会了。悲哉！

爸爸，您几十年里，真诚待人，结交大小朋友无数，得到许多人的爱戴。您住院期间，很多人自发到医院探望，很多人自发给您陪护。您原先做白内障手术期间认识的护士媛媛哭着跟抢救的医生和护士说："一定要把老人抢救过来，这是我的亲爷爷啊！"您结交半个多世纪的盟兄弟赵金龙伯伯大腿骨折，四个孩子架着他跑几十里地两次分别到医院和家里探望、吊唁，他天天哭着让我汇报您的病情和后事料理情况。这情、这义感地动天！

爸爸，您几十年里，模范他人，为我们树立了一个学习的榜样。记得我们刚刚分来铁厂的时候，当时有个政策规定，凡是在家里做过民办教师只要开来证明的就可以涨一级工资，我那时确实有些动心，打电话给您讲了自己的想法。您一口回绝。事后，您还不放心，专门写来一封信，记得您说："孩子，要多长真本事，少添坏毛病。你要是白痴，就是金山银山，

71

生活也没有意义。”这话至今振聋发聩！正月初七，您在ICU病房，躺在那里，浑身插满管子，已是非常痛苦，但还是不断劝我回公司上班。见您纸片上写的是：安心回去工作，放心。不要坏了公司的规矩！现在想来，心都碎了啊。

爸爸，您几十年里，明白做人，以至于我们不能了解您的精神世界。年前，您曾把水电、物业缴费情况给了儿媳。儿媳当时心里咯噔一下：这是怎么了？您年前还没发病时，就嘱咐今年不要贴春联，不要买鞭炮，不要做卫生，我们很纳闷，这不是您一贯的做法啊。当您发病住院，我赶到医院见到您时，您第一句话就是：“自鹏，我早有预感，今年这个年你们是过不好了！”在整理您的遗物时，发现您记了几十年的日记。其中一本日记的封面上写着：日记乃我生命见证，日记终止，生命停止。日记的最后日期是2014年1月21日。您当日发病，到2014年2月21日抢救无效驾鹤仙去，整整一个月时间。日记见证了您生命的最后旅程，您同时也给我们留下一个谜：原来您是清楚地知道自己何时要离开这个世界和您的亲人的！

爸爸，您知道吗，您在病榻之上，儿伤感满怀。晚间陪护赋诗一首，意图唤您回来。知名书法家也是我的好朋友窦宝铁先生在册页上挥毫录下此诗，是为永久纪念。

少入军校到保定，报效国家毅从戎。
倥偬几载逢战乱，解甲归田隐身形。
人民公社用人时，三顾茅庐庭上请。
尽心竭力为公事，才能人品得佳声。
北京知青择恩爱，政乱残酷家不宁。
育儿襁褓父为母，殷殷呵护伴征程。
兴修水利千秋事，泵站建成农业丰。
家居美化求必应，俯首为牛背弓影。
谁家钟表报修来，手到病除故障清。
大事小情不糊涂，公私内外有分明。

邻里纠纷勤调解，中庸公道获美名。

离家远走亲不舍，老邻旧居泪濛濛。

照看孙辈担重任，保教育子有心经。

笑谈过往屈辱事，以德报怨树家风。

无私奉献不思取，虽经磨难念党情。

平凡之中有伟大，伟大在于有德行。

父爱浩荡难回报，来生再续父子情。

不求家族多荣华，陪伴左右过光景。

深情声声唤父亲，最不舍您是自鹏。

敬爱的爸爸，您生前玉川、树新都曾到医院陪护，无数亲朋好友同学同事远道到医院探望。您走的时候，我们都在您身旁。您走得很安稳，很安静，很安详，很安心。您是带着大家的关爱、关怀、挂念和不舍上路的。

爸爸，您一路走好！

爸爸，我们父子一场，您的恩情今生儿子不能回报万一，来生我要加倍还上。我始终为有您这样一位伟大的父亲而庆幸、自豪和骄傲。

儿子祝您在天堂里快乐幸福。

写给母亲

又到母亲节。

妈妈，您的儿子今年已经五十有八，但不知您老今年岁数几何，年龄多大？

妈妈，不是儿不孝敬年纪恁大还不懂啥。您清楚，襁褓中的我六个月就因为家庭政治的原因被迫从您身边抱走，从此儿与您虽同居一城，但却咫尺天涯。

妈妈，小的时候，当我看见别的孩子在大人身边嬉闹撒娇时，我在想，我怎么只有爷爷爸爸却不见了妈妈？

妈妈，长大时，我多少次梦见您蹒跚走来，手里拿着我上师范时偷偷写给您的书信。站在远处的您，憔悴的脸上挂着行行泪花。

妈妈，我知道，人生其实就是一场邂逅，但您给儿子的不单单是一个小小的生命存在，您给他的是生命的坚持，生命的感悟，生命的绽放，生命的如舞如歌和如诗如画。

妈妈，因为大家都知道的原因，儿一生没能在您身边嘘寒问暖、端水敬茶。但在千里之外，他无时无刻不在把您思念、把您记挂。

妈妈，我知道，作为北京知青，您早早地结束了学业，怀揣梦想来到津郊，在那里您满怀喜悦地结了婚、成了家，一年后又万念俱灰地被迫离了婚、离了家。儿知道，这是家庭的悲剧，也是社会的悲剧。个人的命运是与祖国的命运联结在一起的，社会的动荡波及的永远是百姓，受害的永远是底层的你我他。

妈妈，我知道，您度过了跌宕起伏的一生。早年生活不幸，连自己的亲生骨肉都不能呵护养育。貌美如花，却守不住两间土坯房一个简单的家。黎民之苦，于此尤甚，弱者如斯，岂能言他？

妈妈，您知道，嗷嗷待哺的我离开您的怀抱就进了爷爷爸爸连我三条光棍的家。没有妈妈，没有奶水，爸爸抱着哇哇大哭的我走进一个又一个奶妈的家。静海那时一贫如洗，吃糠咽菜的奶妈们的奶水也不足以喂饱我这条小小的饿汉，于是爷爷自告奋勇当起了奶妈。聪明的爷爷硬是用代乳粉、玉米面糊、高粱面粥把弱弱的我养壮养大。邻居大爷大婶都在慨叹生命的顽强，我知道顽强的生命背后有个日夜为我祈祷平安的妈妈。

妈妈，儿知道，您离家后做过若干年民办教师。让妈妈欣慰的是，儿子早早地接过了您的教鞭，如今在这太行山一隅已站了近四十年讲台。几十年里，他没有惊天动地的业绩，但他把世间真善美的故事讲给了一届届年幼无知的学生，其实目的无他，就是让他们学会做人，学会求知，学会在这纷繁复杂的社会中能够始终头脑清醒，不失自我，服务人民，服务这个多灾多难的国家。

妈妈，都说遗传的力量巨大。您儿童时期有憧憬，青年时代有理想，中年时期有梦想，但造化弄人，一切都不以人的意愿为转移，您是一个动乱时代的缩影，儿知道您心中有诸多愤懑不平，也曾为改变这一切拼搏挣扎。这是一种精神，一种力量，它无声无息地传给了您的儿子。启功先生说，一个人生时不平凡，一生便不会太平凡。您知道，生在这样一个家庭里的孩子一生便需要经历太多的磨难。小时您的儿子学业多舛，连初中高中村里都不让上，但努力奋斗使我成为天津市自学成才典型，那一年曾代表天津市十万考生走上高高的领奖台。没有上过高中的我最终做了高中教师，儿子几十年里就做了一件事：我和同事们帮助青春年少渴望求知的孩子们走出大山，走向全国，走向世界，缔造着一个个教育佳话。

妈妈，都说母子是一场精神修行，一场生命的陪伴。恕儿不孝，今生与您生命有缘，但是现实无份，由于种种客观条件限制，儿没有机会陪伴在您的身边。但您的喜怒哀乐儿都会牢记在心，您随时一声召唤，即使跨越千山万水，克服千难万难，儿子会立刻站在您的面前。

　　妈妈，跟您报告，您的孙子已经成人，重孙女已经长大，他们都在妈妈怀抱里享受过无尽的关爱。遗憾的是，您的儿子命苦，此生没有这般幸运，但心里绝没有什么怨恨。儿子唯愿我们的国家此去经年能够政治清明、经济振兴、文化繁荣；唯愿我们的后代子孙世世代代不再颠沛流离，能够生活幸福，终生都有一个陪伴自己左右疼爱自己的妈！

　　值此母亲节到来之际，儿双手合十，跪祝亲爱的老妈妈：节日快乐！

应该像朱永新那样做教师

——读《朱永新教育演讲录》有感

最近，人民教育出版社出版了朱永新教授的《教育演讲录》，刘立德博士将书快递给我，书取来后，我便急不可耐地打开这本还散发着墨香的书读了起来。

朱永新老师是我非常敬佩的老师之一。我觉得，做教师，特别是做成功的教师应该像他那样，有理想、有激情、有情义、有智慧、有创见。

朱老师有理想。朱永新老师在全国倡导并推行新教育实验，教育家刘道玉和陶西平两位老先生都给予了极高的评价。这项实验也得到了全国众多基层学校的欢迎和肯定，实验取得了非常好的效果。在《教育演讲录》中朱老师多次谈到新教育实验，我认为，这是他的教育信念，他的教育愿景，也是他的教育理想所在。对于教师来说，信念引导行动，愿景明确方向，理想则会铸就辉煌。朱老师是我们的榜样。

朱老师有激情。朱永新老师的演讲录篇篇锦绣，字字珠玑。字里行间透出他对教育变革、教育未来、教育创新、教师成长、书香社会、幸福教育、教育公益、素质教育的激情期待。他呼吁，他倡导，他坚持教师和学生要过一种幸福完整的教育生活。这在功利主义教育大行其道的今天，确是一种难得的激情。这种激情是新时代教育发展所需要的。

朱老师有情义。2015年，人民教育出版社"特级教师文库"计划出版我的《教师幸福追求之道》一书，社里指定两位知名教育家作序，其中一位便是朱永新老师。朱老师当时特别忙，他又跟我不熟，但当他忙完看了书稿后，马上为我起草了一篇热情洋溢的序言，并投到《新教师》杂志上得以发表。后来，他还亲自送我一套他轻易不送人的精装的16卷本《朱永新教育作品集》。随后的几年里，每逢教师节，他都会嘱人给我寄来他的一部新作。每当收到他的礼物，我都会为他的情义所感动。

朱老师有智慧。朱永新老师是学者，也是一位官员。他在教言教，出版了大量的有影响的教育著作，有些著作还被译成多种文字出版，他的教育智慧泽被众多教育同仁。他在官言官。无论是在高校任职，还是在政府任职，甚或是在全国政协任职，他都能够利用自己的专业优势为教育事业奔走呼号。提出建议，撰写提案，他一直在以自己的教育智慧推动着中国教育的改革和发展。

朱老师有创见。朱永新老师是个非常勤奋而又有思考的人。他跟我说，他每天早晨都是5点起床开始读书、写作、思考，一直持续到8点结束，他是天天如此，月月如此，年年如此。我们说，只有如此勤奋的人才会厚积薄发，才能才思泉涌，才有如此多的属于自己的教育思想和创见。

朱老师在《朱永新教育演讲录》一书中提到，做教师当有四种境界：一是要做一个让学生瞧得起的老师；二是要做一个让自己心安的老师；三是要做一个让学校骄傲的老师；四是要做一个让历史铭记的老师。我自己认为，朱老师达到了其中的每一个境界。

所以，我倡导，我们应该像朱永新那样做教师。

（本文原载《中国教师报》）

走过四十年

——为纪念改革开放 40 年而作

　　1977年，我18岁。那时地里劳作已三年，天天面朝黄土背朝天。

　　突然有一天上午，村里的大老张悄悄告诉我，自鹏，你可以去参加高考啦。

　　真的假的？我揪揪自己的耳朵，拍拍早已被晒黑的脸颊，哎哟，疼！我知道这不是梦，怕是梦要成真了。

　　一个月后我真地上了考场。1978年6月，我骑着一辆除了铃铛不响哪儿都响的铁驴二八自行车满怀喜悦、手舞足蹈地到天津市一所师范学校报到，念哇哇大字去了。

　　久违了的课堂，我又回来啦！端起课本那可真叫是如饥似渴，手不释卷。两年后，我满怀激动地从师长手里接过一纸中师毕业证书。班主任老师问站在一旁还在傻呆呆地看证书的我，自鹏，说吧，你想去哪儿？

　　我是班里学习成绩最优秀的学生。实事求是地说，不是之一，而是唯一，我当然有自由选择单位的优先权。

　　我想了想，说，走得越远越好。

　　就这一句话，一张派遣证把我从海河之滨的天津一下子甩到了这千里之外太行山东麓涉县地区的天津铁厂。

　　哪承想，一下那咣悠了十几个小时比慢牛还慢的绿皮火车，我立马就傻了半截：映入眼帘的是光秃秃的基本不长草的山，凹凸不平随山脉走向草草垫成的石头子儿山路，一排排破旧不堪就是农村媳妇也绝对不想嫁过来的简陋房子……

关键吃也成了问题。在我的老家静海，20世纪80年代初基本上已经不吃棒子面窝窝头了。可太行山里的涉县天津铁厂的职工们此时别说想下馆子没有去处，就是每月粮食供应都是30%细粮、70%粗粮。饭真的咽不下去啊！看着未婚妻眼泪汪汪地嚼着棒子面窝头不肯下咽的痛苦表情，我一跺脚，决定晚上铤而走险去街上的馒头房干他一票。

不是去偷。那事咱不会干。

夜里，我悄悄溜到黑魆魆的街边馒头店里。小老板穿着黑得看不清底色的白大褂，小脸熏得如炭一般黑。当他看到我穿着一件半新不旧的的确良衬衣时，露出满口雪白的牙笑了笑算是打过了招呼。他清楚地知道我不是村里的农民而是企业里的职工，一看我偷偷摸摸的样子，心里立马就明白生意来了。

他鬼头鬼脑地说："最近白面指标可吃紧。你既然来了，要是愿意出馒头价，面粉可以卖给你一袋。但出去可不得乱说。"

虽然是霸王条款，但我一听这话，感动的泪水哗地就下来了。我扛着那袋面，如小偷一般小心翼翼非常警觉地躲避着路上可能遇到的熟人，深一脚浅一脚回到家来。未婚妻远远地迎过来，看到白花花的面粉，她小小的眼睛放出光芒。我知道，她内心里肯定觉得这个男人是世界上最有本事的男人，跟着他这辈子不说吃香喝辣也一定不会吃得太差。

一晃几年过去了，儿子呱呱坠地。两个人每月几十块钱的工资，常常是入不敷出。碰巧在山西榆次当兵的内弟想来涉县串亲，这可难坏了我们俩。当时家里没有钱买饮料，窗台上有袋麦乳精，妻子用热水沏好权当作了饮料。家里没有食用油，鸡蛋勉强炒熟了，但腥得可以。出于礼貌，内弟皱着眉头把一盘鸡蛋吃下。结果那顿饭没吃好，后果很严重。我们此后十几年曾多次邀请他来这里转转，每次他的头摇得都像拨浪鼓："你们那儿的饭太难吃。炒鸡蛋连油都没有，害得我十几年都不敢吃鸡蛋！"

哪承想，沧海桑田。几十年后，这里变得让你我他都不太认识了。

你看，如今的革命老区涉县马路平坦，别墅幢幢。山上满目葱茏，山下柳绿花红。清漳河唱着悦耳的歌蜿蜒流过，人工湖里天鹅、野鸭、白鹭和不知名的水鸟们自由自在地嬉戏觅食。娲皇宫、红河谷、黄崖洞、129师司令部旧址、韩王山、五指山、庄子岭、画家村、弹音寺、滴谷寺……真的是一山一画，一步一景，太行明珠涉县丰富的旅游资源引来了全国四面八方的游客，很多人不请自来，山上一转，流连忘返。

远在天津的内弟一家和远在北京工作的儿子一家也来到山里旅游了。

我开着漂亮的迈腾车到邯郸东站把下了高铁的他们接来涉县。他们晚上入住在富丽堂皇的赤水湾大酒店，我们选在一号贵宾厅用餐。

面目俊俏、身着红色连衣裙的服务员在前边引路。

您慢走，请小心台阶！她和蔼地提醒着大家。

内弟东瞅瞅西看看，他已经完全不认识这个地方了。调皮的小孙女在我们身旁前前后后蹦蹦跳跳地闹着。

晚上，华灯初上。酒店门前的音乐喷泉灯光旖旎，曲调悠扬。进入到贵宾一号厅落座后，我看看内弟，红着脸开玩笑说："要不先来个炒鸡蛋吧？"

内弟眨眨眼答道："我看行。一定记得放油，也加点香椿。"

"哈哈，都依你！"此时我轻轻地呼出一口气，不禁如释重负，像是还清了内弟一笔多年的心理债。

十几个菜点好，该点主食了。我提议上几个特色花卷和银丝卷，因为那是这个饭店最为拿手最受大家推崇的面食。可妻子和孙女表示坚决反对。

妻子说，不不不，不要点那个。还是来几个杂粮窝窝头吧。孙女撇撇嘴，指着菜单上的图片说，奶奶您就知道吃窝窝头，我可不吃。我要桃仁饼！

看着小家伙那个天真劲儿、坚持劲儿，大家笑成一团。

是啊，抚今追昔，心中感慨万千。这正是：走过四十年，社会大变迁。衣食住行好，幸福每一天！

（本文荣获邯郸市"纪念改革开放40周年"征文二等奖）

小平，我们都该向您说一声谢谢

适逢纪念改革开放四十周年，回忆过去，看看现在，不禁感慨万千。想说点什么，想写点什么，一时又不知从何说起。

事有凑巧，恰有一老友国外进行教育交流。他电话过来，说考察回国已经两天了，时差还没有彻底倒过来，但怎么都睡不着。每天夜里躺在床上辗转反侧，竟不能寐，在国外的所见所闻，让他想起了一个人，一个不少人快要忘记的一个人，这就是邓小平同志。他说，回顾波澜壮阔的四十年改革开放岁月，看看中国，看看世界，作为一个普通百姓，他从内心深处感觉，只要你是中国人，只要你是个心理正常的中国人，只要你还是个有良心的中国人，都该向小平说一声：谢谢！

改革开放前和改革开放初期，很多人没有机会走出过国门。偶尔有人出去，激动兴奋的样子就像是捡了个大元宝或中了五十万大奖。据说，那时出国的人特别是公务出国的，都需要国家给定制一套西服，买一双鞋，这行头好像也算是一个福利。但恐怕最主要的还是面子需要。为嘛呢？有了这行头出国的人就可以脱去那身穿了一年又一年，常年也不敢换也不敢洗，一洗就怕破个窟窿的衣服。毕竟出了国门啦，可不要丢了咱中国人的脸面。但现在你再看，一般公务出国都取消了这项福利。出国的人只消在商场里一转，随便买上一件衣服一双鞋，穿着出去那是既舒适可心，又好看体面。这要是在四十年前，我们是连想都不敢想的。

衣食住行方面，在吃上我们国人很讲究，但过去没条件。我们就听说过这么一个笑话，说"文革"中批判一个老干部的时候，有人揭发老干部生活奢靡，曾见到他躺在床上，手里拿着白白的一个发面馒头，身子左边放着一个盛着白糖的碗，身子右边放着一个盛着红糖的碗，他是想蘸白糖蘸白糖，想蘸红糖蘸红糖，你说这家伙多腐败？参加批判会的人们听了，个个怒火中烧，大家气愤地说："我们连窝头都吃不上，他竟然如此奢侈，真是他妈的太腐败了。"无独有偶，听一个老干部说，他20世纪80年代初是负责一个国有大型企业设备的老总。因为企业要引进美国的一条生产线，他需要到美国纽约出差谈判。一周回国后，他压低声音跟我们说，这美帝国主义啊，简直是太腐朽了，太腐败了，太无耻了。他们一顿玉米窝窝头都不吃，天天是大鱼大肉面包牛排。在那儿一个星期，我们天天吃得那叫个汪洋恣肆、心惊肉跳，真是罪过啊。我们这些小伙伴们听了，馋得喉咙里咕噜咕噜都是口水啊，你说我们心里那个恨啊。朋友说，现在大家走出国门，人刚一踏上人家的国土，还没吃上一顿西餐，就嚷嚷着：来顿中餐吧，少点肉，多点蔬菜，要是有点面条、稀粥最好。此时，老外吃惊地瞪着眼睛，心里嘀咕着：这些黄皮肤黑眼睛的人是咋的啦？

到了国外，大家一般是住在条件一般的 Inn 里，那里清静而又干净。过去要是有机会住这样的饭店，感觉就是住在皇宫里。那时有人回国来，一定会给你讲个一天一夜在国外旅馆的见闻。什么浴池啦、什么花洒啦、什么空调啦、什么橱柜啦、什么电视啦、什么冰箱啦、什么电话啦、什么床上用品啦、什么……但是你看现在，国内一般水平的宾馆条件绝对要优于国外。不说这些设施配置我们都有，我们的宾馆想得更是细致、更是全面、更是贴心、更是周到。朋友说，他每次出国，都要带着拖鞋、香皂、牙膏、牙刷、洗头膏、沐浴液，因为国外的旅馆一概不提供这些东西。每次看着他往旅行箱里塞这些东西，妻子都开玩笑说："这家伙，又去吃苦啦。出趟国，咋像下乡呢？"

坐上自己国航的飞机，感觉舒适，心里自豪，觉得硬气。干净的座位，柔软的毛巾，让你有一种心动的感觉。漂亮的空姐，帅气的空少让人眼前一亮，神清气爽。戴起座位上配好的耳机，点一款选中的游戏，电影，电视剧，你感觉到就像坐在家里的客厅里一般享受。才过一会，有点累了，乘务员走过来轻声问，您想喝点什么？茶。于是，一杯热茶递过来，呷一口，香了满口，暖了全身。你会感到长途旅行已经不是那么劳累可怕，这跟几十年前坐着绿皮火车闻着烟味赶路的情形已经大相径庭。但突然转机，需要转乘他国航空公司飞机的时候却是另外一种情形。进入不太熟悉的环境，看到不太熟悉的面孔，开始是不安、好奇、不知所措，继而心中感到一丝悲凉。为啥？水是冰的，饭是冰的，饮料是哇凉哇凉的，这时你感觉手脚都是冰凉的。朋友说，他就赶上这么一个外国的航班，想看视频了，耳机得自己花钱解决，想喝热水了，空姐告诉他，对不起，没有。想吃午饭了，空姐告诉他拿银子来。待他拿出美元，人家告诉他，只能刷卡不要现钱，朋友欲哭无泪，只好饿着肚子继续航行三个小时。朋友说，只有这时，你才真正感受到祖国的强大和温暖。

到了国外，特别是美国、加拿大等一些发达国家，放眼望去，满地都是黑头发黄皮肤的中国人，加拿大温哥华干脆把一切招贴牌子都用中英文书写，方便了卖家，当然也方便了那里的中国居民。朋友到一个地方教育局去参观，局长介绍说，本地教育局一些学校中国人占到一半，而且大多数都是来加拿大留学人员的后裔……这让我们想起小平几十年前说过的话：留学生不是一个两个地送出去，而是成千上万地送出去，格局不要太小了。

总设计师的思考是超前的，是从长计议的，是千秋万代的。

他老人家说："国家发展的标志是：综合国力的增强，生产力水平的提升，人民物质生活水平的提高。"这体现了老人家的视野和智慧。是啊，除了这三条标准，你还能找到其他的标准吗？

国家发展了，国家进步了，百姓的衣食住行改善了，这是老人家实行改革开放政策给人民带来的最基本最实在的红利。但是，还不止如此。老人家早就预料到中国的物质文明会有一个飞跃，但他还是有些担忧。他说，物质文明和精神文明，两手抓两手都要硬。这是老人家的高瞻远瞩，是老人家的世纪期待。

确实，走出国门，放眼世界，我们在为我们的物质文明建设感到自豪时，也绝对不要忘记老人家的教导。

谢谢您，小平！

我们，努力！

我写小说《作家情事》

有类作家是写故事的人。

写什么故事？写亲情故事，写爱情故事，写友情故事，写乡情故事，写苦情故事，写离情故事，写悲情故事，写冤情故事，有时也写矫情故事，总也离不开一个"情"字。

我想成为这样一个写手，而且打小就想。

我曾经在农村生活19年，说实话，那是刻骨铭心的一段日子。当时农村生活的单调、无聊、贫穷给了自己奋发的力量：一定要冲出去！冲出去看看外边是怎样一个世界。

出了村，进了城，上了学，领得了文凭，登上了讲台，做上了教师，终于发现自己还算是一块做教师的料。魏书生说：做教师的就是在黑板上写几个字，跟学生说几个事。看似简单，做着复杂。尤其这说事的本领，需要天赋，更需要修炼。修炼好了，你这教师就在这三尺讲台上站稳了，立住了。幸运的是，自己在39岁时就成为天津市中学英语特级教师，并在此后受邀成为4家省市级报纸杂志的专栏作者。

作为教师，我知道三尺讲台是实现人生价值的平台，是发挥聪明才智的舞台，是观摩各类故事发生、发展的瞭望台。于是，在这讲台上我不仅收获了成长，收获了成功，收获了成就，意想不到的是，业余笔耕还收获了一百多篇有意思的小小说。多篇小说在《自贡日报》《天津教育报》《杂文月刊》《微型小说月报》《当代小小说》等刊物以及静海作家网、京津冀文化网、贵州作家网等网站上与读者见过面，得到了大家的首肯或批评。更有意思的是，有一些关系不错的朋友读了小说后给我打电话，问小说里写的是不是他们。我笑着回答说：文学作品，纯属虚构。若有巧合，实属荣幸。但我心里窃喜：写得可能还行！

毋庸置疑的是，收录到这个小册子中的一百多篇小小说里的主人公有大人物，有小人物，有喜怒哀乐，有悲欢离合。一个个人物络绎登场，演绎着人间一个个情事。其实，每个大人物也是小人物，他们也离不开吃喝拉撒。每个小人物也是大人物，他们也有家国情怀。我的笔下有诙谐，有幽默，有赞扬，有褒奖，有讽刺，有批评，这些人物是鲜活的，读着读着你会发现，这个人好熟悉！这人就在我们身边，可能是你，可能是我，可能是他，可能是咱哥，可能是咱姐，可能是咱爸，也可能是咱妈。阅读中，有了思考，笑声中，有了启发。这便是小说的魅力，这便是文学的功用。

写严肃的学术文章久了，惯性使然，感觉自己在小说语言运用上仍然刻板有余，活泼不足，这在以后的作品创作中可能会有改观。由于自己是英语文学专业出身，受西方文学叙述方式的影响日久，故事讲述方式多多少少有西方小说的影子，但愿读者能够接受，能够欣赏，能够喜欢。当然，文字粗鄙，笔力软弱，想象贫乏也是小说初学者的通病，吾自当见贤思齐，勤勉修炼，不断提高，努力完善。

每一个作品的问世，都是值得庆贺的一件事情。但是，作为作者，我也深知每一件作品都不是完美无缺的。俗语说，文无第一，武无第二。不奢求第一，能够放胆把作品印出来让大家批判也是一件极具魄力、极具勇气的事情。诚请各位读者读后留下批评和建议。在此拜谢了。

（小小说集《作家情事》序言）

我写小说《岁月》

岁月是一首歌。

歌可以有多种表现形式：有独唱、合唱、对唱、齐唱、轮唱，还有表演唱。

岁月中有独唱。独唱是一个人的吟唱，激昂也好，悲切也罢，都应个性飞扬，丰富多彩。众所周知，文学揭露人性，没有了对人性的刻画，作品就去了意义，作品中的故事也就失去了鲜活的生命。值得庆幸的是，在将近六十年的人生里程里，我独自行走在起伏跌宕的生活道路上，始终在用双脚丈量着大地的方圆，用双眼观察着社会的长短，用一颗心感受着人世的冷暖，于是，才有一个又一个冷峻、幽默、讽刺、可笑的故事还原在大家面前。

岁月中有合唱。社会中的人阶层不同，地位有异，穷富不一，强弱相殊，社会的健康发展需要人们和谐相处，协同努力，合唱是生活中必不可少的。合唱中声音有高有低，关键在于统一和谐。社会生活中我们看到的人形形色色，五花八门，他们的思想观念，行事风格，生活态度，工作状态，学习方式都有一定之规可以遵循，最后善有善报，恶有恶报，有些事开头貌似歧路，最终却走向正果，一个个意料之外但又是情理之中的生活小段子是这本小小说集得以挖掘丰富素材的源泉。

岁月中有对唱。无论是在家庭生活还是学校生活甚或是社会生活中，你我对唱随处可见。对唱强调问答，强调呼应，强调交流，强调你来我往。精彩的对唱让人愉悦，让人兴奋，让人享受。不精彩的对唱让人痛苦，让人低沉，让人心受熬煎。小小说中的对唱多种多样，让人目不暇接。故事中的矛盾和冲突是小说情节得以展开、得以发展、得以推向高潮、得以有个合理结束的引线。集子中有很多这样的故事，看后，你一定会捧腹大笑，忍俊不禁。

岁月中有齐唱。生活中齐唱也是必需的，相同的信仰，相同的理念，相同的观点，相同的目标，汇成了一种整齐的力道声音。齐唱出气势，齐唱出境界，齐唱出团结，齐唱出力量。齐唱靠的是心气，靠的是精神，靠的是憧憬，靠的是对美好生活的期待。齐唱中的故事往往有一种磅礴之气让读者动容。

岁月中有轮唱。轮唱有先有后，时间有异。实际上，社会本就是个大舞台，按道理也是你方唱罢我登台，不同的时代有不同的造就，不同的时期有不同的故事。轮唱是一种交替，一种接续，一种承前启后的历史演绎。读过作品你会发现，轮唱中的故事反映历史，描述现实，也映照未来，因此也就有了看头，有了韵味。

岁月中也有表演唱。毋庸讳言，社会中的每个人都是歌者，都是在社会这个大舞台上的一个表演者。所不同的是有的是本色表演，发乎内心；有的是化妆表演，粉墨登场。有的唱功了得，演功也不赖；有的唱功很好，演功却很差；有的唱功一般，演功还不错；悲摧的是，有的不但唱功一般，表演也差。表演唱中的主人公，有的红得发紫，赚得盆满钵满；有的惨淡经营，勉强糊口；有的则身败名裂，不名一文。作品告诉我们，要当好生活中的演员，演好自己应该演好的角色。这是本分，也是责任。集子中无数个生动有趣的故事可为大家提供借鉴。

收录到这个小说集中的118篇作品，都应该算是岁月的吟唱。其实，独唱也好，其他唱法也罢，都是作者对生活的观察，都是生活的积淀，对生活的记录和对生活的思考。唯愿读者在读过每一篇作品莞尔一笑过后，都能有片刻的回味和思考。

（待出版小小说集《岁月》序）

诗中品人

吕凤是我北京师范大学求学时的同窗，虽然年纪轻轻，我却十分敬重她。

前些年，我读过她的第一本教育专著《播种价值》，书中记录着她的教育理想，教育实践，教育思考，教育成果，教育成就。出乎我的意料，今年她又捧出一本诗集书稿《播种诗情》，并嘱我作序。我不懂诗，但我懂得诗以言物，诗以言事，诗以言情，诗以言志。看过她的诗稿，看过她这部以"情"为主线，绝非无病呻吟也绝非肤浅应景的作品，觉得可以诗中品人，写写我的一点感受。

吕凤好性情。山水情，钟毓情，执手情，情情有故事，情情感动人，情情激励人，情情教育人。诗人善良，她爱山，爱水，爱家人，爱学生，爱学校，爱国家，爱自然，爱生活；诗人豪放，她的足迹和身影遍布原野，高山，湖泊，寺院，大漠，边关。诗中见人，人中有诗。读读她的诗，一个性情高雅、卓尔不凡的可爱的女性教师形象便展现在我们眼前。

吕凤好才气。据我所知，她爱读书，读哲学，读管理，读中外名著，读经史子集，有着深厚的学养。她爱思考，思考人生，思考价值，思考过去，思考现在，思考未来。她爱动笔，写所见，写所闻，写所思，写所想。多年的读书，多年的思考，多年的笔耕，使得她知识更加丰满，思维更加深邃，笔锋更加委婉灵动。近二百首诗虽然称不上篇篇锦绣，字字珠玑，但她的笔力和才气不得不让我们叹服。

吕凤好精神。了解她的人，知道她的工作、生活和学习中经历了太多的磨难、挫折和痛苦。但是，吕凤始终非常达观，非常抖擞，非常昂扬，非常向上，当然也非常淡定，非常沉静，非常努力，非常成功。同学和老师们都评价说，她静若处子，动如脱兔，勇于担当，敢于负责。我在诗集中看到的更是一个积极进取飘逸洒脱幸福快乐而又有着丰富多彩精神生活的奇女子。

人说，一个有好性情、好才气、好精神的人才是一个有魅力的好教师，我信。

话语寥寥，是以为序。但愿不会亵渎诗人的性情、才气和精神。

（著者为《播种诗情》一书作的序言）

关注与祝福

三年来，一直关注着文学自媒体《清漳两岸》。

三年来，一直关注着这个自媒体的创办人佛刘先生。

三年前，《清漳两岸》创刊。吸引我目光的首先是佛刘。

佛刘的奋斗和成长有些传奇色彩。一是他原先学历并不高，但靠自己的奋斗先后成为企业里的工程师，成为专业认证专家，他在一个专业领域里有了自己一席之地，我知道，这实属不易。二是他身在穷乡僻壤，虽创作条件很差，但他心中始终没有放弃文学追求，几十年如一日，发表了几百篇颇有影响的散文、小小说和短篇小说等。他的小说多次被收入《小小说选刊》中，并且有数篇作品被全国各地中学语文试卷采用，甚至有文被今年山东省春季高考试卷选用，搞文学的知道，这是一个说高不高说低不低的文学成功标志。

佛刘人如笔名，身有佛性。读过他的作品，你会觉得他的视野，他的关注，他的观察，他的体验，他的感觉，他的思考，他的描述，他的喜怒哀乐都在社会大众身上，都在芸芸众生的一日三餐仨饱俩倒中。我在他的作品里，透过精到的文字看到的更多是他作为作家对寻常百姓悲苦的十足体恤和对普通民众幸福的深情祝愿。

身有佛性的佛刘办的《清漳两岸》自然也有佛性。在《清漳两岸》，我看到很多有佛性的人并很多有佛性的事。这里的作者有老作家，有的已年至耄耋，却还在孜孜不倦地奉献着优美的文字，他们把世间的美好传递给你我他她，播撒到天涯海角四面八方。有的作者虽还是小学生，文笔也还稚嫩，但从他们的文字中不难看出他们已经懂得善良、懂得仁慈、懂得自爱、懂得爱人，这无疑是学校德育教育的有益延伸。让我感动的是，佛刘曾骑行数百里，采访抗日老兵，写下许多感人的文字，给老人们送去精神温暖和物质关怀，使得这些共和国的功臣们在生命的夕阳中能够充分体会到共和国年轻一代人对他们的尊重和崇敬。更让我感动的是，在这里我经常看到我的学生小董和他的朋友们的身影。他们并没有文字注入，却只有义行善举。偏僻的山村里老人们接到的是一件件温暖的衣物，贫困辍学的孩子们接到的是几百几千元的资助善款，《清漳两岸》给予及时报道，扩大了活动影响，弘扬了天地正气。

予人玫瑰，手留余香，也是一种佛性。作为一个文学爱好者，在撰写严肃的教育著作之余，我是近三年才捡起儿时的文学梦想开始小说创作。佛刘是我的文学引路人，我发表的处女作小小说《神算一哥》和第二篇小小说《检察院来人了》都是向佛刘投出的稿件。在他的鼓励下，我出版了第一部小说集《作家情事》，加入了河北作家协会。我的很多作品都是在《清漳两岸》上先跟读者见面，我是先听听反馈，后看看反响……实话跟您说，当我这文学新人捧着带有辣味儿的第二部小说集递给专业编辑时，他看过稿子说，陈老师，您写得好！您的小说是杂文式小说，有味道！此时，我记起了《清漳两岸》和她的创办人佛刘先生对我多年来一如既往的帮助。

人说十年磨一剑，《清漳两岸》才三年。三年前《清漳两岸》破土而出，三年后已见其苗壮。我高度关注着，衷心祝福着，祝福在未来的三年里，由佛刘主办的《清漳两岸》承继梦想，初心不忘，不断绽放出文学的光芒！

我写《我做学生——从顽童到博士》

这是一本用泪用心用力写成的书。

语气看似调侃轻松，其实话题十分沉重。试想，出生六个月失去母爱，十几岁两度辍学在家，生活中经历千辛万苦，政治运动中饱经心理磨难，还有谁能够轻松起来呢？可回过头来看，这也是一笔精神财富。毕竟，我走过了一条与常人不同的道路。

人人做学生，我却有不同。

一是学时漫长。我从小就是一顽童，后来突然顿悟转化。从爷爷教我认识第一个汉字开始，自己读了将近半个世纪的书，做了将近半个世纪的学生。至今仍是废寝忘食，手不释卷。

二是学运多舛。初中、高中两度辍学，对于爱读书的我打击之大，影响之深，可谓难以言表，难以想象。正是这种坎坷，这种曲折，唤起了我的精神，唤起了我的干劲，唤起了我"这一辈子读书一定要读出个样子来"的斗志。

三是学由自主。几十年里读书，都是兴趣使然。不急功近利，不投机取巧，积极主动，自觉自愿，扎扎实实，步步为营。参加工作后，读书更是多了一份自觉，一份理性，工学结合，岗位成才，读书学习成就了自己，也成就了事业。

四是学无常师。几十年里除注重向书本学习，学习了四个专业外，还注重向社会学习，向实践学习，向问题学习。这开阔了自己的知识视野，丰富了自己的知识结构，促进了自己的知识多元化。

本书时间跨度50年，这50年也正好是我国社会发生重大变化的50年。

首先，这是一部浓缩的50年社会变迁史。"大跃进"、人民公社、"文革"、改革开放，社会跌宕起伏，波澜壮阔。社会的政治、经济、文化、科技等变化通过个体的体验表现出来，引人深思。

其次，这是一部浓缩的50年教育发展史。50年里，我的启蒙教育、小学教育、中学教育、师范教育、电大教育、自考教育、硕士教育、博士教育无不与共和国的教育发展变革息息相关。细细读来，不难看出教育的发展变化和进步。这是本书写作的主要目的。

再有，这是一部浓缩的50年个人教育成长史。我在一个破碎的家庭里长大，但破碎的家庭给我的教育却是完整的，正常的。让人感兴趣的是，我正式在校时间只有八年半，这是一个现在连初中都不能毕业的时间。可是我却读了小学，读了初中，读了师范，读了电大，读了自考，读了硕士，读了博士。读书之中，我成长了，进步了，快乐起来了。

50年是一个不短的时间跨度。自己虽然记事很早，可书中很多史料除自己看到的外，不免要有一部分是听来的，读来的。听来的、读来的史料还需去粗取精，去伪存真，在此期间做了大量的阅读、访谈、验证。我的同学陈自伟、武树新、韩德云、张月琪、吕凤等为我提供了很多原始材料，在此，自鹏深表谢意。

尤其令我感动的是，《天津教育》杂志社原编辑部主任、高级编审周新民先生一直对我关爱有加。先生审阅了书稿全文，详细校改了体例、文字、标点，并对一些地方提出了中肯的修改建议。先生的细致、认真、严谨是我佩服不已并需要努力学习的。

想把这本书写好，但总感到力有不逮。俗语说，每个人都是历史的人。我主观上尽到了一个历史人的责任，书写得如何，心里着实没底，还是交给读者去评判吧！

（《我做学生——从顽童到博士》后记）

我写《我做教师——从普通教师到特级教师》

我21岁走上英语教师岗位。教小学,教初中,教高中,教中专,教夜校,教电大,教成人本科班,给硕士、博士作讲座,给外地局长、校长、骨干教师、教研员作讲座,在师范大学做兼职教授、教育硕士导师,到2010年整整在教师岗位上连续工作了三十年。

朋友们很纳闷:三十年啊,这家伙怎么成天总是那样乐乐呵呵,不知疲倦呢?

我说,因为喜欢。

我喜欢教育。我认为教育工作是世界上最有创造力的工作,也是世界上最神圣的工作。教育是培养人的社会活动,是传授知识、传授技能、培养思想品德的活动;是个体社会化、社会个性化的活动;是把人从低处引向高处,从黑暗处引向光明处的职业。这样的活动,这样的职业,如何让人不喜欢?

我喜欢孩子。孩子是家庭的希望,是祖国的未来。他们是我们生命的延续者,是我们事业的继承者,是我们成就的体现者,是我们人生理想的代言者。我喜欢孩子们,包括他们的天真,他们的无邪,他们的想象,他们的创意,他们的冒失,他们的莽撞,他们的成熟,他们的健康成长。

我喜欢这如诗如画、如舞如歌的教师生活。喜欢在校园里悠闲地漫步,喜欢听学生那一声声亲切的呼唤,喜欢品味从每间教室传出的琅琅的读书声,喜欢看学生们在篮球场上龙腾虎跃的身影,喜欢看学生从我们手中接过红彤彤的毕业证书，更喜欢看家长、学生围在高考喜报前的喜悦。习惯了这样的校园生活，爱上了这样的教师生活，读书、教书、著书，真的成为了自己一种日常的生存、生活、生长形式或方式。

人说，人一生最大的幸福就是做自己想做的事。命运青睐于我。1978年，我进入了师范学校，在1980年代那"家有三斗糠，不做孩子王"的年代里，做上了光荣的人民教师。在领导的关怀、同事们的支持和自己的努力下，最终成为天津市中学特级教师。可谓幸运至极！

自从做上特级教师的那天起，自己一直在为自己鼓劲，为自己加油，我无时无刻不在提醒着自己：自鹏，特级教师是师德的表率，育人的模范，教学的专家，这应该是你永远为之追求的目标，永远为之努力的方向。不能止步，不能懈怠，不能辱没这个光荣的称号啊！

于是，在朋友们的督促中，我把自己和同事们教育教学工作中的经历、得失、思考、研究集于书中，追寻着实践的足迹，梳理着思考的轨迹，目的在于总结经验，吸取教训，自我激励，启迪他人。

书中所收文章大都在正式的刊物上发表过，恕我不再一一注明。其中一些文章在我攻读学士学位和博士学位期间曾分别得到我的学士论文导师、天津外国语学院教授朱怀沛先生和我的博士生导师、北京师范大学教授、著名教育史学家王炳照先生的指导，文章收入集中，也是对先生们永久的谢意和永久的纪念。

书中所论，多为一己之见，谬误在所难免，还请方家指正。

（《我做教师——从普通教师到特级教师》后记）

我写《我做管理——从班主任到教委主任》

想来自己二十几岁就走上了班级和学校教学管理岗位，那还是一个青涩的不太懂事的年龄。之后做了高中校副校长、高中校校长、教委副主任，教委主任，一路走来，少有曲折，顺顺利利，笑语欢歌。

难以忘记的是，老师们、同事们给了我莫大的支持和帮助，这是我多年能够做好管理工作的基础。天铁集团公司领导给了我莫大的鼓励和信任，这是我多年能够做好管理工作的条件。我的几任领导吴义华、王保泰、任广洲、贾秀春、卢自坤、邓晓忱、聂双喜为我的成长让位子，搭台子，使得我管理工作不畏首畏尾，不如履薄冰，他们为我创造了一个心情舒畅干事业、放开手脚抓管理、令无数同行都非常羡慕的良好环境。

从接过班级时的忐忑，到接过学校时的更忐忑，再到接过教委工作时的无以言表的忐忑，责任重如山啊！我深知，一个好班主任就是一个好班级，一个好校长就是一所好学校，一个好教委主任就是一个地区良好的教育局面。自己在朝着这个目标努力着，在朝着这个方向奋斗着。

从做班主任那天算起到2010年，自己已经做了27年管理工作。管理工作中有许多经验，有许多教训，有许多感悟，也有许多收获。

几十年办学，我们集思广益，形成了我们的管理思想，这集中体现在如下"五论"之中。

1. 中心论。我们认为，学校一切工作应以教学为中心，教学以课堂教学为中心，课堂教学以教和学为中心，教和学以学为中心，学以学生发展为中心，学生发展以幸福快乐为中心。这个中心就是学校管理工作的主线。

2. 阶段论。我们强调，幼儿阶段应坚持"入门启蒙，保教结合"；小学阶段要"重视双基，习惯养成"；初中阶段要"抓好双基，知能并进"；高中阶段要"扎实双基，能力为先"；职业教育阶段要"掌握知识，重在应用"。

3. 重点论。我们提出，校长办学过程中，队伍、设施、机制是重中之重。队伍建设一靠引进，二靠培养；设施建设一靠投入，二靠管理；机制建设一要鼓励先进，二要鞭策后进。

4. 适合论。我们认为，世界上最好的教育是适合学生的教育。适合学生的教育需要学校去营造。我们对学生的教育强调因材施教，分类提高。对优秀生，我们提出与其发展水平相适应的较高要求。在学困生的转化中，我们提出有基础型、能力型、学法型、意志型、学风型、综合型六种类型，应分门别类做好工作。

5. 目的论。我们提出要办好人民满意的教育，其中有五个维度的标准，即校长专心、教师尽心、学生开心、家长安心、社会放心。人民满意的教育是我们办学的最终目的。

做了管理，有了经验，有了教训，是为收获之一。

做了管理，有了方法，有了成效，是为收获之二。

做了管理，有了思考，有了悟道，是为收获之三。

将诸多收获集于书中，供己反思，供人批评，供人借鉴，则是另一个更大的收获。

书中选取的文章大都在正式的刊物上或研讨会上公开发表过，我的老师、天津师范大学教授、硕士生导师甄德山先生对个别文章提出了修改意见，在此向老师表示感谢。

（《我做管理——从班主任到教委主任》后记）

我写
《中国中小学英语课程教材教法百年变革研究》

中小学英语课程、教材、教法变革研究是个大课题。能够承担这一课题的研究对我来说多多少少是一种幸运。2005年，我幸运地考入北京师范大学攻读博士学位，幸运地师从我国著名教育史学家王炳照教授，幸运地如期完成中国教育史专业的学习，幸运地能够以英语语言文学专业和中国教育史专业知识为依托从事中小学英语课程、教材、教法的研究。

我在研究过程中始终得到了恩师王炳照先生悉心的指导。我能够师从先生说来是个缘分。我在20世纪90年代初任天铁二中教务主任时偶然读到了中国教育史学界名家毛礼锐先生编写的《中国教育史简编》，学习英语的我竟对教育史产生了浓厚的兴趣。自此我十分关注这一学科，及至到了1997年我入天津师范大学学习课程与教学论专业时，有幸读到王炳照、阎国华两位先生主编的《中国教育思想通史》(1-8卷)，更是受益匪浅。我当时想，要是能够见上先生一面，听先生讲一讲课，那该多好！"有志者，事竟成。"后来，我不仅见到了先生，听了先生的课，并且还做了先生的学生。先生的慈祥、大度、宽容、勤奋、严谨、博学，不仅让我学到了书本以内的知识，更让我学到了书本上永远也学不到的知识。

我在研究过程中也得到了俞启定、于述胜、徐勇、乔卫平、孙邦华、施克灿等先生的热情指导。他们精湛的专业知识、敬业爱生的精神令我敬佩不已。教育学博士俞启定教授结合我的本职工作对我研究的选题给予了具体指导，并嘱我适时出版研究成果。宋元强先生托中国社科院的两位高级编审审阅了全稿，并对附录部分给出了很好的建议。

研究过程中资料方面遇到不少困难，因为大部分早期的英语教材没有馆藏。刘立德博士、孙杰博士、孙德芳博士、张艳华博士在搜集资料方面给了我很多支持。王志强、王军芳、白玉芬同志在文稿技术处理方面给了我很多帮助。

研究过程中我做了大量阅读，记下了30万字的读书笔记，并分类作了资料卡片。这些卡片将是本课题后续研究的宝贵资料。在此我要向为我的研究提供丰富史料的诸位前辈和学者们致谢。他们是：季羡林先生、付克先生、李良佑先生、周流溪先生、张正东先生、章兼中先生、田正平先生、卫道治先生、束定芳先生、刘道义先生、王蔷先生、群懿先生、冯克诚先生等。是他们的先期研究给我的研究提供了许多启示和借鉴，我的研究如果说能够多少扩展一些、深入一些的话，他们的功劳是不可抹杀的。

从师范学校毕业到现在的几十余年里，我几乎没有休过一个节假日，所有的闲暇都用来读书、研究、写作了。年逾古稀的老父亲知道我是孝子，家里有事怕我分心不肯打扰我，他默默地关注着我的一个个小小的进步；妻子几十年如一日地默默地支持着我，她自己工作很出色，还承担起了几乎是全部的家务，使得我能够全身心地投入到工作、学习、研究中；令人羡慕的是，我的所有领导都很支持我的学习。集团公司领导为我进入北师大学习提供了时间和交通上的便利，并给予我精神上的鼓励，常常让我感动不已。我之所以能够多年坚持学习，与家人和领导的支持是分不开的。若没有他们的支持，我能够顺利完成一个又一个学业是不可想象的。

因此，我向前辈们、老师们、领导们、同事们、家人们表示衷心的感谢！

人们常说，人如其名。人的名字里有什么，心里就有什么。心里有什么，他就会朝那个方向去努力。我的名字里大概寄予了父辈太多的希望。知情人都知道我的人生之路、求学之路非常坎坷。是一种坚持、一种坚韧让我长大成人，做了教师，做了特级教师，做了大学兼职教授、硕士生导师；成为学士，成为硕士，在过了"不学艺"的年龄时又考入人人景仰的北京师范大学做了博士生。二十余年自学我学了四个专业：科技英语翻译专业、英语语言文学专业、课程与教学论专业和中国教育史专业。我用我的行动诠释了"不花气力，不能成事"的真理性。魏书生赞叹说："自强不息，方能鹏程万里。"我很欣慰，我为我的孩子、我的同事们、我的学生们树立了一个勤奋好学的榜样。不论成就大小，我都感到高兴，因为我们自己甚至全人类都永远需要这种坚持不懈、百折不挠的精神。

"路漫漫其修远兮，吾将上下而求索。"学无止境，研究也没有止境。英语课程、教材、教法变革研究特别是百年史研究困难不少，难题很多。两年多的研究，不仅是在我的手里诞生了一篇论文、一部书稿，更重要的是，我发现身为一位中学特级教师、师范大学兼职教授和硕士生导师，自己要学习、要研究的东西还有太多太多。我会以此为起点，会更加努力地学习、工作、研究，将来会以更多、更完善的成果来报答关怀、教育我的老师们和关心、支持我的家人以及领导们。

需要特别提出的是，我非常感谢人民教育出版社的副总编、资深英语教育专家刘道义女士为鼓励后学欣然为本书作序。

尽管自己尽了力，但由于时间限制和水平限制，本研究一定还有许多不足乃至谬误之处，敬请方家批评斧正。

（《中国中小学英语课程教材教法百年变革研究》后记）

我写《中国中小学英语教材史——晚清、民国卷》

　　我和同事王志强、刘丽英、高秋舫历经三年，付出极大辛劳，终于拿出了《中国中小学英语教材史——晚清、民国卷》这本小册子，算是了了多年的一份心愿，又为中国史学研究做了一份贡献。

　　细说起来，这份心愿源自几个方面：一是我在做"中国中小学英语课程教材教法百年变革研究"课题时，由于条件所限，没有看到多少清末民国教材的实物，只能用文献法进行研究，所以有很多缺憾；二是参与人民教育出版社百年教科书梳理课题研究时受到同行们的启发，有了再深入研究的冲动；三是2015年在天津结识了老课本收藏家李保田先生，在他那里见到了将近千本清末、民国英语教科书，感到非常震撼。于是，与同事们果断做出决定，写一本中国中小学英语教材史（晚清、民国卷），作为一份心意，奉献给全国的英语同仁们。

　　这本书有如下几个特点：

　　一是史料充足。我们的研究是在前辈和同行们的研究基础上的再研究。清末民国中小学英语教材有很多名家和学者在研究中有所涉及或有专门论及，如民国时期周予同等人编写的《教材之研究》（上海商务印书馆，1925）等，新中国成立后，付克编写的《中国外语教育史》（上海外语教育出版社，1986），李良佑、张日晟、刘犁著的《中国英语教学史》（上海外语教育出版社，1988），季羡林等编写的《外语教育往事谈——教授们的回忆》（上海外语教育出版社，1988），王建军著的《中国近代教科书发展研究》（广东教育出版社，1996），张正东著的《中国外语教学法理论与流派》（北京科学出版社，2000），毕苑博士论文《近代教科书研究》（北京师范大学，2004），张英著的《启迪民智的钥匙——商务印书馆前期中学英语教科书》（北京科学出版社，2004），李传松、许宝发著的《中国近现代外语教育史》（上海外语教育出版社，2006），吴小鸥博士论文《清末民初教科书的启蒙诉求》（湖南师范大学，2009），陈自鹏著的《中国中小学英语课程教材教法百年变革研究》（光明日报出版社，2012），孙广平博士论文《晚清英语教科书发展考述》（2013），吴驰著的《清末民国中小学英语教科书研究》（湖南师范大学出版社，2014），石鸥著的《百年中国教科书书忆》（知识产权出版社，2015）以及部分学位和期刊论文。我们的研究借鉴和引用了同行们大量的研究成果，使得我们的研究能够大胆假设，据实论证。

　　二是分析细致。大量的教材实物使得我们细致分析成为可能。过去在没有接触教材实物的情况下研究教材有时不得不鹦鹉学舌、人云亦云。有时还会以讹传讹，误入歧途。有了大量的教材实物，一分史料说一分话，分析上可以做到细致入微。感觉不满意，推敲一下，思考一下，讨论一下，论证一下，可以修改，可以矫正，可以完善，可以提升，甚至可以否定推倒，从头再来。书中选取部分原汁原味的课文进行了举隅分析，把每个编者教材的特点都分析得鞭辟入里，十分细致。比如大家一直赞叹不已的《华英初阶》一书，我们既有赞扬，也有批评。本书在教材分析中说，《华英初阶》一书具有很多优点，但也存在一些明显的不足。第一，英汉双语并排，便于学生学习。第二，重视语音学习，讲究梯度渐进。第三，内容原文照搬，脱离国内实际。第四，宗教色彩浓厚，服务教会宣教。教材分析以实际课文为蓝本，以彼时社会为背景，以教学规律为依据作了实事求是的分析和评述。这些分析和评述对于他人后续的研究将具有理论价值。

　　三是信息全面。尽管拥有大量的史料和研究的便利，老教材的研究也不可能如鱼得水。一是时代久远，有些编者的信息已经被岁月淹没，曾经出版发行过的教材已经不复存在；二是一百多年来英语教材出版社、编者、种类、版次繁多，要理出个头绪还真是一种挑战。几位编者不畏艰难，东奔西跑，翻古籍，查网络，做访谈，拍照片，竭尽全力，力争找到更多的信息。根据已有的资料，尽量搜集了每一位编者详细的信息，编辑过程中反复校对，去伪存真，对大部分编者的生平及其对教材建设的贡献都作了描述，对有的编者还撰写了有关轶事，极大地增加了本书的可读性和趣味性。书中对晚清、民国教材建设的各个历史阶段中各个出版社曾经出版发行过的几乎所有的教材作了列表，应该说差不多囊括了所有相关著作中列举的中小学英语教材，集腋成裘，本书应是集大成者。我们认为，这项成果应该归功于李平心教授和所有教材研究者们先前的挖掘、搜集和梳理，我们的研究集中了大家的劳动和智慧，我们的努力将会被证明是非常有价值的。

四是角度新颖。史学研究的价值在于发现、梳理和创新。我们在研究中对发现的问题作了必要的梳理，在教材建设的历史分期和内容衍变轨迹两方面作了创新性的研究。本书把教材建设分为四个历史阶段：一是萌芽期（1862年以前）；二是启动期（1862—1911年）；三是发展期（1912-1922年）；四是自立期（1923-1949年），并以此分章论述。在此基础上，又对教材内容衍变轨迹进行了学理分析。本书提出晚清、民国中小学英语教材衍变轨迹为：从用到文，从文到语，从语到育。一条衍变轨迹描绘了英语教材产生的经济、政治、文化等方面的背景，揭示了英语教育教学的目标，阐释了英语教材建设发展的基本规律，令人耳目一新。鉴古知今，古为今用，这对于今天的教材建设有重要价值和现实意义。此外，研究中把晚清、民国中小学英语教材明确区分为两类：引进教材和自编教材。据此，我们作了分类统计和汇总，并且指出了先前相关研究的不足和谬误，研究思路有所创新，此为研究的一点意外收获。

在此，我们对于本书引用的所有研究成果向原作者表示衷心感谢。

虽然完成了撰稿任务，但我们深知，史学研究需要静下心来，沉下心来。然而，几位编著者平日工作繁忙，所有的研究都是在业余时间完成的，加之水平有限，本书一定有很多缺憾和谬误之处，我们期待方家批评指正。

（《中国中小学英语教材史（晚清、民国卷）》序言）

我写《教师幸福追求之道》

人民教育出版社约我为"特级教师文库"撰写一部书稿。想了想，还是以"教师幸福追求之道"为题，写写我的学习之道、工作之道、思考之道、研究之道、传播之道和成就之道。

写作此书本身就是一件幸福的事情。因为作为学生，我们是读着人民教育出版社的书长大的，作为教师，我们也是读着人民教育出版社的书成长起来的。今天能够把自己的所见所闻所思所历所想所做写出来，贡献给人民教育出版社，贡献给众多的教师同行们，实在是一件快乐的事情，幸福的事情。

回顾自己几十年的学习生活和教育生涯，一直感觉自己很幸运。我上过小学、初中、师范学校，读过电大、自考本科、硕士、博士，教过小学、初中、高中、电大、成人本科、硕士课程班、博士课程班，是师范大学兼职教授和教育管理专业硕士生导师，担任过班主任、教务主任、副校长、校长、教研室主任、教委副主任、教委主任兼党委书记，应该说我的很多同行们很少有这种全方位提升自己和锻炼自己的机会。自己利用一切可以利用的机会学习了科技英语翻译、英语语言文学、课程与教学论、中国教育史等四个不同的专业，又得以在教育教学教研管理等不同的工作岗位上挥洒汗水，增长智慧，创造业绩，自我实现，自我成就，因此，感觉很幸运，当然也一直很幸福。

　　做学生，我读了近半个世纪的书。到现在仍然是如饥似渴、手不释卷。我读书时，碰巧有朋友打电话来问我正在做什么，我说，在过贵族生活。他们问，什么贵族生活？我回答，在看书。他们纳闷，说读书是多么痛苦的事，怎么是贵族生活？我说，你看，只有当一个人不用忙于生计不用天天为生活而奔波时才会有时间坐下来静静地读书，这其实是一种生活状态，是一种天大的享受，还不是贵族生活么？所以，读书时，我是当作贵族生活来过的，因此，幸福多多。

　　做教师，我舍不得放弃那三尺讲台。做了十九年英语教师，带过五个班，送走过一批又一批学生。天天跟天真烂漫、生龙活虎的孩子们打交道，心中纯净，心有感动，心生感悟，心花怒放。讲台上一站，所有的烦恼，所有的忧愁，所有的不快，都烟消云散了。看着孩子们那清澈的眼睛，那绽放的笑脸，那专注的神态，你会受到感染，你会深深陶醉其中。现在，能够有机会到大学课堂里或一些学术论坛上跟大家交流，谈理想、谈愿景、谈教育、谈教学、谈管理，相互切磋，相互启发，相互学习，相互提高，这是一种感性而又理性、紧张而又快乐的生活，你说，哪里还有疲倦？不知疲倦的教师生活，幸福满满。

　　做管理，我尝试各种管理模式。若从做班主任算起，至今我做管理已经有三十年。毋庸置疑，学校管理是一门科学，也是一门艺术。当你真正掌握了管理的科学，能够做到科学管理并艺术化的进行管理，那是一种创造，一种享受。幸运的是，在同事们的支持下，我做了若干种管理实验和试验，有过经验，有过教训，最后都取得了非常好的效果，伴随着媒体和个体的传播，我们的想法、做法和说法在业内形成了一定的影响，使得天铁这个远离城市、远离繁华、远离中心、远离关注，本不典型的"小规模的大教育"得以闻名遐迩。每每谈起天铁教育，谈起天铁教育的优质，我和我的同事们一样，幸福深深。

　　做研究，我常常是研道多于研术。什么是道？我认为，道就是规律。比如教育规律、教学规律、管理规律等等。道是形而上的东西，术则是形而下的东西。在学校教育中，道和术都很重要。识道、循道、用道，登高望远，就会一览众山小，道明，术也就在其中了。研究中有思考，思考中有悟道。我们帮助学生们充分认识人的发展规律，社会的发展规律，自然的发展规律，告诉他们如何遵循并利用这些规律学习、工作、生活、创造、成长、成功、成就。十年树木，百年树人。树人是百年工程，做教师的需要不断探索和研究，幸福永远。

写到这里，似乎应该回答"什么是幸福"这个看似容易实则非常困难的问题了。什么是幸福呢？我认为，幸福是个体对自己、他人以及周围的环境满意的程度。所以，对自己满意是幸福，对他人满意是幸福，对周围环境满意是幸福。幸福于个人是一种感觉，是一种感受，是一种体会，是一种体验。幸福于职业则是一种态度、一种精神、一种责任。因为道理很简单，一个做教师的你都不幸福，你怎么让你的弟子们幸福呢？你怎么又能够让他们相信从事教育和接受教育能够使得人获得幸福呢？

感谢著名教育家朱永新先生和魏书生先生为我的拙作欣然作序。感谢刘立德先生、韩华球先生和刘建霞女士为本书选题、编辑、出版所付出的辛劳。

人民教育出版社刘立德先生嘱我写作此书时，要有情节、有故事、有主线、有逻辑、有思想、有高度。我尽了力，但是能否达到要求，心中无底，敬请各位读者评判、批评、指正。

（《教师幸福追求之道》一书后记）

追求着　幸福着

感谢中国教育学会教育学分会和人教社在天铁为我的新书《教师幸福追求之道》召开首发式并专门召开教育思想研讨会。非常感谢人民教育出版社刘立德博士、韩华球老师和刘建霞老师为《教师幸福追求之道》一书在选题、编辑上所付出的巨大辛劳。感谢天铁集团公司多年来对我专业成长给予的帮助，感谢各位领导、各位专家热情洋溢的贺词以及各位同事对我作品和思考的解读。感谢我的母校天津师范大学教育科学学院副院长、博士生导师纪德奎教授百忙之中拨冗参加今天的活动，感谢涉县教体局陈旺生局长、临漳县教体局赵强局长、鸡泽县教体局董增房局长、县毛遂中学田光生校长、县实验中学李服从校长、广平县教体局史平兴局长、王利宏副局长、邯郸市教科所白延刚所长、邯郸文艺评论家协会王承俊主席、河北邯郸广播电视报主编、作家协会副秘书长孔庆先女士、河北秦皇岛市英语特级教师侯冬梅女士、首都师范大学研究生代表张璐女士和天铁教委我亲爱的同事们参加首发式和研讨会。感谢著名教育家魏书生老师和朱永新教授为我的新书作序，我还要特别感谢魏书生老师、刘长兴主任、刘立德博士千里迢迢专门赶来天铁祝贺我的新书出版。自鹏衷心地感谢大家，也衷心地祝福大家！

今天在地处偏远的天铁集团召开新书首发式和思想研讨会不仅是对我个人几十年学习、工作、思考、研究、传播等幸福追求的褒奖与肯定，也是系统梳理和总结天铁几十年办学经验的最佳方式。记得天津市原副市长、现人大常委会副主任张俊芳同志几年前在视察天铁教育后曾经说过这样一段话：一个人在哪里生活并不重要，重要的是怎样生活。一个人在哪里办教育并不重要，重要的是怎样办教育。天铁远离城市，条件艰苦，但那里的教职工默默坚守，精神可嘉。我希望大家都到天铁走一走，看一看。到了天铁，就相当于走过一条教育玄奘之路。其实，我自己就是这条玄奘之路上一个普普通通的跋涉者。天铁办教育46年，如果说有经验，那是几代天铁教育工作者集体智慧的结晶。实话讲，教育思想我不敢当，刚才大家谈到的，至多就是自己作为一位普通教育工作者对某些教育现象和教育问题的一些粗浅的思考。还请各位同仁、各位专家批评指正，留下宝贵意见。

今天群贤毕至，名家咸集，自己心情十分激动。特此为大家献上一首新作，一回顾教育征程，二表达深深谢意：

追求着，幸福着

三十七年前，
我拎起简单的行囊，
辞别海河辞别天津，
辞别父亲辞别家乡，
千里奔波坐着绿皮火车一路查着地图，
只身来到这太行深处，来到火红的炼铁炉旁。
那一年，我二十一岁，
初为人师，还长着一张幼稚的学生脸庞。

几十年里，
幸福地学习着，
心中始终有个向往。
为做一个合格的教师，
学了英语学教育，读了硕士读博士，

最后来到教育大家的身边，挤进了北京师范大学的学术殿堂。

幸福地工作着，
多少领导多少同事给了我奋进的力量。
不忘初心，
爱事业爱学生，一股大爱始终在心中流淌。
抓三生教育，
提升教育教学质量，
干部们努力，同事们努力，学生们努力，
闭塞偏远的天铁被誉为诞生教育奇迹的地方。
清华北大校园里有我们天铁子弟的身影，
国家技能大赛赛场上我们的高职生屡屡上榜，
组织六赛，学校卡拉OK舞台上唱出了中国好声音，
听，徐剑秋同学的歌声动听嘹亮。
我，庆幸这一生遇到了这样一个优秀的团队，
我，庆幸几十年的教育生涯里有这样一群好的事业搭档。

幸福地思考着，
一是英语教学如何才能高效？
语言规律和教学规律认真探究，
成就了自己成就了学生，
39岁成为英语特级教师有了职业生涯中第一次小小的辉煌。
二是班级管理如何才能优化？
科学加人文，学生说我们的小陈老师还真是个班主任的模样。
三是学校怎样发展才能更强？
队伍建设设施建设机制建设有机统一，紧抓不放。
四是区域教育发展　如何才能向先进地区看齐如何才能迎头赶上？
协调一致勠力同心校校绩效优良。

幸福地研究着，
35岁，
捧着一篇小文走进了人民大会堂。
自此，
天津教育学会，
中小学幼儿教师奖励基金会，
张张证书盖着大红印章。
一部部书稿付梓出版，
书架上有了自己的作品，飘溢着幸福的墨香。

幸福地传播着，
成立专家工作室，
课题研究，
思想碰撞，
一个个徒弟走向成熟，
一个个研究成果让人眼前一亮。
渤海之滨，
孔孟故乡，
有我的思考飘过，
有我与同仁们交流时开怀的笑声荡漾。

我从小读着人教社的书长大，
又捧着人教社的书在教学中成长，
今天，
自己的一部书被收进特级教师文库，
我知道，自己就是大山里的一位普普通通的教师，
三审三校数位专家付出巨大心血给予了我太多的肯定与褒奖，

我也清楚地知道这是一位教师也是天铁教师团队的无上荣光。

路漫漫其修远兮，

努力工作，

不负众望，

请您相信，自鹏和同事们将来会做得更棒。

向兄弟单位学习，博采众家，

天铁教育一定会更加地不同凡响。

几十年里，追求着自己的追求，幸福着自己的幸福，

大山深处不断地努力不断地思量：

究竟什么是教师的幸福？

求索中答案愈加清晰明朗：

立德立功立言目标坚定，

成长成功成就理想飞扬，

教书育人，大爱无疆，

生命在学生身上得以延续，

精神在学生身上得到绽放。

我，愿意做这样一位幸福的教师，

我，愿意和同事们用全部的力量帮助一个个孩子实现自己幸福的梦想！

再次衷心地感谢大家！深深地祝福大家！

（本文系著者在2017年人民教育出版社《教师幸福追求之道》一书首发式暨陈自鹏教育思想研讨会上的答谢词）

世界看我

60年，一甲子。
周围的世界，
周围的人，
一直在用自己的眼光看着我。

他从大山深处走来

崔永海

1980年6月，陈自鹏从天津静海师范学校毕业后，告别父亲，告别海河，告别天津，扛着行李毅然决然地一头扎进了太行山，来到邯郸，来到涉县，来到光荣的天铁建设者中间，成为一位光荣的天铁人，一名普普通通的教育工作者。三十七年来，在平凡的工作岗位上，他咬定青山，攀行不止，靠自学，先后取得专科学历、本科学历及文学学士、教育学硕士学位，后又考入北京师范大学取得了教育学博士学位，39岁被天津市人民政府命名为中学英语特级教师；做过小学教师、初中教师、高中教师、大学教师；做过班主任、教务主任、校长、教研室主任、教委主任。著书十余部，发表文章400余篇。在进山、登山、乐山中成就了自我，成就了天铁教育。

2017年1月，由著名教育家朱永新先生和魏书生先生作序的《教师幸福追求之道》由人民教育出版社正式出版发行。该书以教育叙事的自传体方法，生动、完整地记述了陈自鹏博士的读书幸福之道、工作幸福之道、思考幸福之道、研究幸福之道、传播幸福之道。《教师幸福追求之道》入选教育部规划、人教社出版的50卷本《中国特级教师文库》。

2017年1月15日，由中国教育学会教育学分会、人民教育出版社和天津天铁冶金集团有限公司教育委员会共同主办的《陈自鹏教育思想研讨会暨〈教师幸福追求之道〉首发式》在天铁集团举行，著名教育家、全国学习科学研究会理事长、辽宁省盘锦市原教育局局长魏书生先生，天津市教育学会顾问、学术委员会主任，原国家督学刘长兴先生，中国教育学会教育学分会副理事长兼秘书长、人民教育出版社教育室主任刘立德先生，天津师范大学教育科学学院副院长、博士生导师纪德奎先生等80余名专家、学者及一线教育工作者应邀到会，共同研讨分享陈自鹏教育思想及《教师幸福追求之道》。我们愿意与教育同行们分享陈自鹏老师的教育思想，分享其奋进之路，发展之路，快乐之路，幸福之路。

（本文原载《天津教育》）

分享成功　播撒幸福

中国教育学会教育学分会副理事长兼秘书长、
人民教育出版社编审刘立德

　　由朱永新先生和魏书生先生作序的《教师幸福追求之道》是教育部规划、人教社出版的50卷本《中国特级教师文库》中的一本。本文库共精选了50位教育家和名师。其中天津入选两位，一是王培德先生，一位是陈自鹏博士。作为陈自鹏老师自传体性质的教育叙事研究专著，本书生动、完整地记述了他的专业成长历程、成功之路和成才之道，以及他的读书幸福之道、工作幸福之道、思考幸福之道、研究幸福之道、传播幸福之道。回答了幸福从哪里来这个问题。这本书有四点值得关注。

　　第一，本书全面反映了陈自鹏老师的教育人生。陈自鹏博士历经坎坷，百折不挠，自学成才，具有传奇色彩。更难得可贵的是，他在人生逆境中不自暴自弃，不怨天尤人，本书真实而生动地展示了他的奋斗历程。这本书视角独特，内容丰富，写法别开生面，科学性与可读性相得益彰，故事性与知识性有机结合，深入浅出，引人入胜，全面系统地反映了他在天铁集团37年的教育生涯。陈自鹏博士在多个领域游刃有余：当学生，他勤奋苦读，先后攻读了大专、本科、硕士和博士学位，从科技英语翻译专业、英语语言文学专业、课程与教学论专业，一直读到中国教育史专业；做教师，他不知疲倦，努力成为师德的表率、育人的模范、教学的专家、教研的能手、教改的先锋，成长为著名特级教师；搞管理，他登高望远，不断创新，班主任、校长、教委主任、教委党委书记，每个角色都异常出彩。从书中我们可以得知，在艰难困苦和逆境中，他坚韧不拔，刻苦自励，向上向善，热情乐观，执着前行，信念坚定。他与时俱进，奋力前行，成果卓著。不经历风雨难见彩虹，没有人能随随便便成功。陈自鹏博士的人生经历再次印证了这一点。

第二，本书系统呈现了陈自鹏博士对教师幸福的真实感悟。陈自鹏博士乐学善思，不断克服职业倦怠、努力追求幸福，享受教育，很有典型意义。陈自鹏博士是一个仁者、善者、更是一个智者，仁者乐山、智者乐水。陈自鹏博士兼有山的坚韧、水的灵动。他坚持太行之恋，"育人不惧山道弯"，笑傲人生、笑傲群山，享受一览众山小的快乐。朱永新先生一直倡导教师"过一种幸福完整的教育生活"。本书堪称陈自鹏老师幸福完整的教育生活的一个缩影和真实写照。从懵懂无知的孩童到知名学府的博士，从普通教师到特级教师，从班主任到天铁集团教委主任，他以一种刻苦精神和境界幸福地学习着、工作着、思考着、研究着、传播着。他几十年如一日，读书学习，坚持不懈，虽然艰辛不少，坎坷多多，却乐此不疲，收获颇丰，幸福满满；几十年来，他既做过中小学教师、大学教师，又做过班主任、教务主任、校长、教研室主任、教委主任等。他常常是边教边管边研，扮演着多重的角色，承担着多重的压力，进行着多重的创作，也享受着多重的幸福。陈老师认为，教师要集专业学习、专业服务、专业研究于一身，不断追求教育人生的幸福。常言道，爱之者不如好之者，好之者不如乐之者。陈自鹏老师对教育事业乐在其中，对教师职业幸福具有特别的感受。在本书中，他通过自己的经历，现身说法，呼吁教师要学会在学习、教学、管理、研究中寻找快乐，提高幸福感；他呼吁教师要有幸福梦想和幸福追求，并敬业乐业、无怨无悔地陶醉其中。由于陈老师的特殊成长经历和多重教育身份，本书在实践上谈幸福追求有榜样的感染力和说服力，在理论上谈幸福追求闪烁着学术光辉，令人信服。

第三，本书重点展示了陈自鹏博士的办学成就。陈自鹏博士既有丰富的实践经验，又有较高的理论素养。因此，本书既有大量的实例，又有很好地将实践经验加以提升的理论表达。通过阅读本书，我们了解到，在他的主持和领导下，天铁这个远离繁华都市的区域教育品牌声名远扬。他带领天铁教育系统励精图治，求实创新，稳步发展，在整合学校资源、开展课程改革实验、发展特长教育、整体构建学生发展平台、探索现代学校制度等诸方面进行了有益的探索与尝试，并取得了巨大成就，教育的整体资源优势和品牌效应日益显现。所有这些，都反映了陈自鹏老师成功地将自己的教育思想和教育理想变成了现实，实现了教育理论与实践的有机结合。这部著作正是他教育教学理论研究、教育教学活动和行政管理实践成果的综合结晶及其对教育事业深情感悟的表达。

第四，本书集中论述了陈自鹏博士的教育思想。陈自鹏博士坚持自学和做中学，从普通中师起家，先后通过自学和在职攻读，先后取得了大专到博士学位；他心无旁骛、扎根教育、不断进取，是大家公认的师德表率、特级教师的典范；他坚持教、学、做、研四位一体，精心学习研究教育理论，探究教育方法，逐渐形成了自己的教育思想体系。俗话说，没有兴趣就没有学习。兴趣是最好的老师。他在教、学、做、研四方面兴趣广泛，他重视经验总结，勇于思想提炼，善于写作和传播。读书学习写作已成为他的一种生活方式，甚至成为生命的一部分。这部著作比较全面系统地反映了陈自鹏博士的教育智慧和教育教学改革思想，体现了他对教师职业和教育工作重要性的深刻认识，以及他对教育事业的强烈使命感、责任感和真切热爱。对当下我国一些教育教学难点、热点问题，他也发表了真知灼见。本书中他归纳的幸福论、素质论、中心论、和谐论、成长论、阶段论、规律论、模式论等等，在教育界都有较大影响。今天我们在这里对陈博士教育思想进行研讨，相信会进一步加深我们对陈博士教育思想的理解。

综上所述，陈自鹏博士的这部新著对引导帮助中小学一线教师克服职业倦怠和解决教师专业成长中的一些具体问题有现实指导意义。陈老师的教育思想和对教师幸福的追求及感悟，值得广大中小学教师和师范院校的学生学习和借鉴，对中小学校长及基础教育行政管理者也有重要参考价值。

（本文原载《天津教育》）

追求　探索　境界

——读《教师幸福追求之道》有感

杨立宗

　　对于自鹏老师的新作《教师幸福追求之道》，我首先感兴趣的是这本书的书名。我曾想：在当前教育界职业倦怠滋生、失落浮躁风气蔓延的背景下，谈教师幸福是不是有些奢侈呢？教师真有所谓的幸福追求之道吗？秘诀在哪里呢？带着疑问的心理、抱着寻根的态度，我认真研读着这本书，脑子里一遍遍过电影，一遍遍思考，渐渐地，从一件件平凡小事串联出的传奇经历中，我仿佛看到了自鹏老师带着汗水洋溢着幸福的笑脸，这笑脸上有着追求者的执着，有着探索者的坚毅，有着高境界思想者的深邃。

一、追求的幸福

　　自鹏老师原是一位没有读过高中的中师毕业生，他没有因为自己起点低而放弃追求，在参加工作后的三十多年里，他勤奋学习，自强不息，一路攀登，取得了电大科技英语翻译专业专科学历、自学英语专业本科及学士学位、天津师范大学课程与教学论专业硕士学位、北京师范大学中国教育史专业博士学位，可以说是登上了教育学术的高峰。在这一路的攀登中，读书成为了他生活的常态，不只是工作的需要，更像是生理的需要，对学习的热爱也使他形成了自己的学习观：拒绝学习就等于拒绝进步。奋斗的路上，他付出了心血和汗水，也收获了喜悦和成功，在这用汗水凝结成功的生活中，他的精神世界是充盈的、饱满的、富有的，当然也是幸福的。

二、探索的幸福

参加工作以后，自鹏老师虽是一位普通的英语教师，但他不甘沉沦、不甘平庸，他把工作当事业去做，积极探索教育教学规律，探索科学高效的教法学法，他注重问题研究，注重实践研究，坚持学做研统一。他提出的教育"中心论"、教学"优化论"等，抓住了教育教学工作中的主要矛盾，为学校教育管理指明了方向。出版了《老师帮你记单词》《老师帮你学语法》《中国中小学英语课程教材教法百年变革研究》等多部著作，曾经六次获得天津市教研教改成果奖，两次获天津市基础教育教学成果奖，一次获得中国中小学幼儿教师奖励基金会优秀著作奖。他也从一名普通教师成长为特级教师，成长为在全国具有一定影响力的教育专家。探索的过程是艰辛的，但这里有参道的好奇、有悟道的惊喜、有得道的开心，乐在其中，岂有不幸福之理。

三、境界升华的幸福

自鹏老师的管理从班主任干起，经历了教务主任、副校长、校长、教委副主任、教委主任、教委党委书记，无论在哪个岗位，无论担子多重，他从不手忙脚乱，总是得心应手，游刃有余。他高超的管理智慧和掌控能力令人折服。透过《教师幸福追求之道》这本书，我们不难发现，高超的管理智慧主要得益于他的善于思考，为加强干部队伍建设，他对干部提出了"五个三"要求，有效提高了干部的政治意识和执行能力。为提高教师队伍整体素质，他主持制定了《教师培养方案》，形成了教师主动学习、主动提高、主动发展的良好机制。他从"一条红线引发的思考"中参透了制度管理的必要性；从"投票选落后的教训"中认识了考核管理的极端重要性，下决心推行"五三四管理"模式；从魏书生的"自动化管理"中得到启发，追求管理境界。他提出的学校管理的三重境界——人人必须尽责、人人主动尽责、人人快乐尽责，超越了一般意义上的方法论层面，上升到了精神境界层面。在境界升华的过程中，他体验到的不仅是自我创造的快乐，更有自我实现的幸福。

　　追求、探索、境界，是自鹏老师给我们开出的教师幸福追求之道的药方，他在这条路上走得坚定、走得精彩、走得幸福。自鹏老师走过的这条成功之路是可复制的，相信我们的教师经过执着的追求、不懈的探索、境界的升华，也能到达幸福的彼岸。对于教师来说，追求幸福不仅是个人需要，也是职业的要求，正如自鹏老师所说的，教师的幸福不是别的，就是在自己的学习、工作、思考、研究、传播、交流和些许的成就中能够得到满足和快乐。

办人民满意教育从"心"做起

——陈自鹏老师"办人民满意教育"教育思想解读

李艳霞

　　王国维在《人间词话》中讲治学三重境界：从独上高楼望尽天涯路的不懈追求，经历衣带渐宽、伊人憔悴的执着付出，到蓦然回首，灯火阑珊处的惊喜收获。我们天铁教育也同样走过了这样一条从坎坷到辉煌的发展之路。建厂初期，天铁教育一片空白。然而就是在这一张白纸上，天铁教育人用生花妙笔绘出了一幅美丽图景。《天津教育》《天津教育报》等媒体曾以"沸腾的天铁，火红的教育""天铁教育的玄奘之路""天铁：一个诞生教育奇迹的地方"等这些振奋人心的题目详细报道天铁教育。我1991年来到天铁，26年来，作为一名天铁职工，一名教师，一位学生家长，见证了天铁教育不断发展壮大的过程。天铁教育虽身处大山深处，却名扬津门，我们铁厂的孩子受益了一代又一代，这些成绩的取得是天铁教师几十年教育实践的结晶，更是陈自鹏老师办人民满意教育这一指导思想结出的累累硕果。

　　怎样办人民满意的教育？陈自鹏老师从校长专心、教师尽心、学生开心、家长安心、社会放心这五个维度，以理论研究为出发点，以真抓实干为落脚点，用天铁教育实践做出了完美诠释。

一、教育要做到人民满意，校长专心是首要条件

俗话说的好，有什么样的校长就有什么样的学校。校长能否专心办学、专心管理、专心为师生服务，是一个学校能否发展，教师能否发展，学生能否发展的关键。陈老师高瞻远瞩、精益求精，他提出学校管理干部要做到五个三，倡导并运行"五三四"管理模式；要求教师队伍管理要运用好"敬、擎、情"三字经策略，实施教学整体优化方案，努力实现高效教学，不断提升学校管理的境界水平；教育发展中要实现学校发展、教师发展、学生发展三位一体共同发展，要重视对学生进行科学教育、感恩教育、责任教育、生命教育，引导学生成长、成功、成就，为天铁教育全面、协调、可持续发展奠定了基础。

二、教育要做到人民满意，教师尽心是关键条件

过去常常用"春蚕到死丝方尽，蜡炬成灰泪始干"来形容教师工作的鞠躬尽瘁，死而后已。不难看出，传道、授业、解惑，教师尽心工作需要无私的奉献、无悔的付出。我们不禁要思考这样一个问题：让教师如此尽心，教师的幸福从哪里来？教师没有职业幸福感，又怎么让自己的弟子们幸福呢？这个看似矛盾又必须和谐的问题，陈老师用他几十年如一日的教育研究与实践给出了我们答案：这就是教师的专业成长。给教师提供一条专业成长之路，使教师在自己的学习、工作、思考、研究、传播、交流和成就中得到满足、快乐，从而主动尽心、快乐尽心、享受尽心工作的幸福。

陈老师用心读书、潜心教书、精心著书，他以教师理想的职业生活方式实践"立德、立功、立言"这一人生理想，完美诠释了教师追求幸福之道，也带出了一支师德高尚、业务精湛、结构合理、充满活力的高素质专业化教师队伍。

三、教育要做到人民满意，学生开心是理想境界

王守仁在其相关著述中曾说过："大抵童子之情，乐嬉游而惮拘检，如

草木之始萌芽，舒畅之则利达，摧挠之则衰萎。今教童子，必使其趋向鼓舞，中心喜悦，则其进自不能已。"天铁教育正是遵循学生心理发展这一规律，使学生在治学中、进步中、发展中得到成功的愉悦，使其德有所立，智有所启，体有所强，美有所养，心有所向。陈老师在其《办人民满意教育》一文中详细介绍了学校教育立德、启智、健体、尚美一系列育人之道的想法、做法，给我们指明了育人的方向。的确，在陈博士五心教育思想影响下，我们的校园建设崇尚平安、绿色、文明、和谐、书香校园，坚持绘画、演讲、写作、逻辑算法比赛、歌唱比赛等六赛活动十余年，给学生提供艺术才能展示平台以促进学生艺术特长发展。在天铁，我们能自豪地说，我们每一位天铁学子都得到了良好的发展，一批批优秀学子从这大山深处走向全国、迈向世界，清华、北大等国内知名高校甚至世界名校的校园里都有天铁孩子的身影。普通教育结出累累硕果的同时，我们的艺术教育同样没有因为我们地处偏远而有丝毫的逊色，中国好声音舞台上走出的歌手徐剑秋，在书画界小有名气的青年画家刘璐都是天铁校园走出的孩子，从他们身上我们看到了铁厂教育坚持全面发展，重视艺术教育的卓越成果。

四、教育要做到人民满意，家长安心是基本诉求

调查表明，家长对学生在校教育的关注点有很多，如安全、交友、课业、考试、纪律等等，但主要还是集中在两个方面：一是孩子在校是否安全；二是孩子在校是否获得了发展。作为天铁教育人，我们可以自豪地说：天铁教育，家长放心。二十几年里，在保障校园安全的同时，天铁幼儿和学生全部就近入园、入学，实现了均衡发展、教育公平。职业教育，高职学生全国英语四级考试和计算机考试成绩在天津市同类校连续两年位列第一、毕业生全员就业，广受用人单位欢迎。初中、高中教育质量逐步成为天津市优质教育品牌。在天铁，家长是教育的知情人、助推器，家校联手，同心协力做教育，天铁教育被我们天铁职工亲切地称为天铁凝聚力工程的半壁江山。

五、教育要做到人民满意，社会放心是最终目标

读陈老师的教育论著不难发现，陈老师能够跳出教育看教育，把学校教育和社会需求紧密结合起来，不仅关注教育的个体本位要求，还十分关注教育的社会本位要求，时刻不忘教育所肩负的社会重任，竭心尽力办好让社会放心的教育。他明确提出了让社会放心办教育的五个着力点：第一，抓方向，坚持社会主义办学方向；第二，抓品德，坚持育人为本、德育为先；第三，抓养成，重视知能并重、习惯培养；第四，抓学风、学纪；第五，抓学效，主张一个学校坚持了全面发展，促进了学生的全面发展，便是成功的有效教育，这也是教育的目的性要求。

让校长专心，教师尽心，学生开心，家长安心，社会放心，我们的教育才能得到学生、家长、社会的认可，才是人民满意的教育。陈老师就是秉承着这样的教育思想，高屋建瓴，高瞻远瞩，带领我们天铁教育人一路前行，一路高歌，走出了一条天铁教育的玄奘之路，成功之路！作为一名天铁教育人，我自豪，因为我是这团队中的一员；作为一名天铁学生家长，我欣慰，因为天铁教育让我们的孩子在自己的家门口享受到了这样优质的教育。

办人民满意教育，从"心"做起；办好人民满意教育也是教育工作者的最高职业理想。最后借用《史记·孔子世家》中的一句话，表达我作为一名普通教师，一名普通家长对陈老师《教师幸福追求之道》一书首发的衷心祝贺，也是对我们天铁教育的美好祝愿：高山仰止，景行行止，虽不能至，心向往之。

在学习中成长

——有感于陈自鹏老师"教师专业成长中的'四学'"

耿素兰

当代教育家朱永新老师提出教师职业的四种境界：第一，要做让学生瞧得起的老师；第二，要做让自己心安的老师；第三，要做让学校骄傲的老师；第四，要做让历史铭记的老师。教师要达到这四种境界，都需要专业成长。陈自鹏老师在《教师幸福追求之道》之中提出要做到"四学"（向书本学、向实践学、向他人学、向问题学），我深有同感。

一、向书本学

"问渠那得清如许，为有源头活水来。"学习是时代的呼唤，是人类生存的重要手段，是教师专业发展的必由之路。教师肩负着教书育人的重任，在日新月异、瞬息万变的当今社会，教师要不断更新知识结构，从掌握单一的学科知识向"复合型"教师转变。教师只有具备多元的知识储备，熟练运用多种教育手段，才能有效驾驭教学，工作才会言之有根、言之有矩、言之有神、言之有物、言之有义、言之有理、言之有趣。而向书本学是教师专业学习的主渠道之一。向书本学，主要是学知识、学理念。有了先进的理念作指导，工作起来才会更加得心应手。就专业成长而言，陈老师认为，教师应博学，应学好本专业知识、教育学知识、心理学知识、教育史知识、教学论知识、教育哲学知识和相关学科知识。广博的知识积累为教师专业成长奠定了基础。

二、向实践学

"纸上得来终觉浅，绝知此事要躬行。"向实践学，要学教育教学的方法。用理论指导实践，再将实践上升到理论，这是一种最直接、最有效的学习方式。陈老师提出四个方面，即实做、精做、巧做和乐做。实做就是做实，要实事求是定目标，做好细节抓过程，发展为本求实效；精做就是心有理想，精益求精，积极向上，专业服务要瞄准一流。陈老师提出了三个方面的要求。首先，发奋努力，与时俱进，立志做一流教师；其次，学习实践，提升自己，掌握一流技艺；最后，克服困难，不懈努力，创造一流业绩。巧做就是按规律办事思路巧，措施科学方法巧，反思高效结果巧。陈老师还提醒我们要克服职业倦怠，并指明了方法：从生理和心理入手，除劳逸结合外，应努力做到教学相长，体验为师的幸福；目标常新，感受追求的快乐；做好教科研，寻求无穷的乐趣。

三、向他人学

"三人行，必有我师焉。"学海无涯，学习是一辈子的事。向他人学习，要学长处，学精髓。"闻道有先后，术业有专攻。"年轻教师方法灵活，老教师经验丰富。老师们有的课堂教学在行，有的班级管理堪称一流，有的为人处事值得称赞……从蓬头稚子到耄耋老人，都有值得我们学习的地方。所以，我们要见贤思齐，虚心求教，不耻下问，取人之长，补己之短，获得真知。向他人学习，陈老师提醒我们要克服两种倾向：一是自吹自擂、夜郎自大，它会影响人的自我剖析和全面进步，这是目空一切、刚愎自用的傲气；二是自愧不如、妄自菲薄，它会影响人的自我评价和主动进步，这是缺乏信心、自轻自贱的自卑。这两种倾向都会成为我们向他人学习的障碍，必须摒弃。陈老师还告诫我们，生活在社会里，要守住寂寞，拒绝诱惑，保持平和的心态，做到知足常乐，最重要的就是奋发向上。

四、向问题学

问题是我们学习的原动力。向问题学习，就要学方法、学智慧。明代学者陈献章说得好："学贵有疑，小疑则小进，大疑则大进。疑者，觉悟之机也。一番觉悟，一番长进。"因此，在日常工作中，我们遇到各种矛盾和问题，就是遇到了成长的机会。机会面前，人人平等。放弃问题，就等于放弃了成长；迎难而上，就等于自主发展。所以，陈老师要求我们要正视问题、分析问题、解决问题，在问题中增长才干，提升能力。教师专业研究的范围是广泛的，陈老师认为教育教学中四个方面的问题研究必不可少：第一，努力把握好教学的个体性、间接性、领导性、教育性、目的性等重点问题；第二，研究素质教育和课程改革这两大热点问题；第三，研究教育教学中的难点问题；第四，研究大家感到困惑不解的疑点问题。教师通过这四方面的研究，为自己"解惑""释疑"，发展和提升自己。

陈老师在本书相关章节还提示我们，教师专业成长，不是一蹴而就的事，它需要"上下求索"的努力，需要"绳锯木断贵有恒"的坚守，需要"咬定青山不放松"的执着。老师们在学习中，发现不足，解决问题，提升自己。日常工作中，天铁教育中心也给大家提供了许多学习的机会，开展"五子"工程、制订《教师培养方案》、开展各种教学竞赛、给各校图书室补充图书等，老师们在这些平台上积极主动学习，自觉探索教学模式，已经成为一种常态。目前，我校"三卡式"语文阅读教学模式、"四学六步"教学模式已经成型，并广泛推广。教研员也常常深入课堂进行面对面的指导。一大批老师茁壮成长起来，有的成为未来教育家成员，有的被评为天津市优秀教师、优秀班主任，有的在天津市、全国各项教育教学竞赛中获奖……大家的成长经历诠释了陈老师提出的"四学"乃教师专业成长的最佳途径。向书本学，向实践学，向他人学，向问题学，在学习中成长，享受快乐，享受做教师的幸福！

"天行健，君子以自强不息！"我们将继续努力，在成长道路上奋力前行！

不忘初心　创造奇迹

王翠英

　　一个人能做好一天的事很容易，但倾其所有时间专注于一件事却是不容易的，更何况是幸福于这种专注。能够长期执教的老师是令人敬佩的，因为他们在坚守中奉献。能够扎根太行三十多年同样令人敬佩，因为他不但在坚守中奉献，而且不断克难奋进；他不但没有抱怨命运不公，而且"老当益壮，宁移白首之心"。读陈自鹏老师《教师幸福追求之道》，方知为师者还拥有这样的幸福，经历崎岖坎坷，阅历丰富多彩，在幸福追求之道上，在不同角色的转换间，不知不觉地创造出一个个奇迹。

一、不忘初心，越挫越勇，创造孜孜求学的奇迹

　　做学生："穷且益坚，不坠青云之志。"作为学生，陈自鹏老师既是不幸的，又是幸运的；不幸是社会环境造成的，幸运是他懂得抓住机遇。升初中时，由于家庭出身被迫辍学；升高中时，品学兼优的陈老师又因缺少大队的一个戳，再次辍学……当"四人帮"被粉碎，在田间地头复习备考的陈老师被天津静海师范学校录取了。

　　如今看似平凡简单的求学生涯，在那个年代，尤其是对陈老师而言，却是弥足珍贵，他求学的初心从未放弃过，艰难中成就了自己。虽然求学的道路布满荆棘，但他走得坚定，从没有放弃追逐的脚步，试想在当时的

社会背景、家庭背景下，有几人能收获这样的奇迹。

做学者："独上高楼，望尽天涯路。"学者身份，我想应该从陈老师接触英语学习开始，要是仅用刻苦来形容，太过单薄。自身刻苦的同时，他还研究班里同学的学习方法，灵活运用，用他人之长，补己之短，所以，英语成绩由班级倒数第三提升到了前几名，而他又成为了身边同学的研究对象。在做教务主任时，他仍不忘初心，自学《教育学》《教学论》《简明中国教育史》等书，挑灯苦读8个月，留下30万字的读书笔记，最终赢得了北京师范大学的博士入场券，成为王炳照先生最省心的学生。这段学习经历为他的专业发展和管理工作都打下了坚实的基础。

二、不忘初心，演绎不同角色，谱写天铁教育的奇迹

做教师："育苗有志闲逸少，润物无声辛劳多。"做教师的陈老师，依然不忘初心。为了更好地"传道，授业，解惑"，他不仅敬业，而且精业。周末风雨无阻地去电大上课，又自学天津电大科技英语专业，他成为天津市自学考试英语专业最早的本科毕业生，9年后通过了天津师范大学硕士课程班的面试，从师甄德山教授……同时，他注重教师教学艺术的提高，总结了教师课堂基本功应包括的谋、说、读、写、画、演、问、评、导、控十方面的技巧，他还关注人性教育，提出善待社会，善待他人，善待学习，善待自己，善待自然的"五善教育"。

做管理："衣带渐宽终不悔，为伊消得人憔悴。"从教师到教务主任，到校长，再到教委主任，一路走来，"愚公移山"的精神在当代社会完美的诠释，而且将其升华，在不同岗位，不同职责中不忘初心，攻坚克难。做校长，提出了"五三四"管理模式；做教委主任，提出了"多方联动模式""三全综合模式""科学人文模式"等。

陈老师经常将自己的想法、做法和说法传播出去，与大家探讨，他幸福于与大家分享的每个过程。同时，也形成了一系列的教育方法和教师专业成长的基本途径。对待超常生不偏爱，不抬爱，不溺爱；对待学困生不忽视，不轻视，不歧视；对待问题生不抛弃，不放弃，不毁弃。他在书中

鼓励教师向书本学，向实践学，向他人学，向问题学。一名教师真正做到了"四学"，不但能提高工作能力和水平，而且会极大促进专业成长。

陈老师始终不忘初心，追求探索中收获着幸福，创造着一个个奇迹，而且将幸福传递给千家万户，从山沟里走出去的学子是幸福的，辛勤教育他们的老师是幸福的，望着他们背影的父母是幸福的，这幸福之花正逐渐绽放在世界更多的角落里。

吹尽黄沙始见金

——读《教师幸福追求之道》有感

张芝莲

　　这个假期，我有幸拜读了中国特级教师文库第五辑中陈自鹏老师所著的《教师幸福追求之道》。该书以教育叙事的方式，生动完整地记述了天铁教委主任、中学特级教师陈自鹏老师历经坎坷、百折不挠、自学成才的经历以及对教师职业幸福的感悟。真是千淘万漉显辛苦，吹尽黄沙始见金。

　　从书中我看到一个命运多舛、聪明倔强的小男孩怎样从小学一直攻读到硕士、博士学位，圆满地完成了科技英语翻译专业、英语语言文学专业、课程与教学论专业、中国教育史等专业课程的学习。一路走来，在取得这些骄人成绩的背后，有谁能说得清陈老师所经历的千辛万苦，所尝过的酸甜苦辣呢？又有谁能想到曾两度辍学，只有初中起点的陈老师，硬是靠自学考取了博士，走进了中国学术的象牙塔呢？是什么力量支撑着他如此坚韧不拔，锲而不舍？是生活的磨难造就了他不服输的天性！是失而复得的读书机会让他更加珍惜和感恩这来之不易的机遇！是读书带给他无穷的乐趣，享受到了"精神贵族般的生活"。和陈老师相比，我是大专起点，却只读到了大本。20世纪80年代兴起的外语热，我也跟过风——学过英语、日语，也曾闪现过远大的理想和超凡脱俗的追求目标，也曾发誓一定要学有所成，但也只是三天的热度而已，最终还是没有坚持下来。为什么呢？陈老师的《力从何来》给了我很好的回答：直面人生做生活的强者，笑对人生做生活的智者，挑战人生做生活的勇者。以张海迪为镜，我们便会有取之不尽用之不竭的动力，任何艰难险阻都会被征服；以张海迪为镜，我们应无私为人，勤勉治学，脚踏实地，不断向前。我之所以没有取得多大进步，缺少的就是像张海迪、陈老师那样锲而不舍的毅力和追求精神。

走进书中，我看到陈老师是怎样做教师的；怎样陶醉在孩子们天真无邪的世界里，体验着教学相长所带来的欢欣鼓舞；怎样不知疲倦的努力成为师德的表率、育人的模范、教学的专家、教研的能手、教改的先锋，逐步成长为特级教师的。陈老师一步步走来，先后教过从小学到硕士课程班。一个没上过高中的人，最后却教了高中，还能成为天津师范大学教师教育兼职教授和教育管理专业硕士指导老师！这让我等感到汗颜啊！在陈老师每次成功的背后，都有持之以恒的付出和艰辛的探索，陈老师就是在不断努力后站在了一个又一个新的起点，直至攀登上无限风光的险峰。我也曾教过小学、初中、高中，也曾有过幸运的机会参与特级教师评选，但由于平时准备不足和知识积累贫乏的原因，让我错失了良机。对照陈老师我真正看到了自己的不足，就是缺少陈老师那种勇于追求、学无止境的精神境界。

走进书中，我看到陈老师是怎样做管理工作的。怎样在千头万绪、纷繁复杂的事务中一边学习、一边工作。三十多年来，陈老师做过班主任，当过教务主任、副校长、校长、教研室主任、教委副主任、主任兼党委书记。一步步走来，陈老师不曾有丝毫的懈怠和动摇，始终以一种乐观的精神和境界幸福地学习着、工作着、提升着自己。我想这么优秀的人都还在努力，我有什么理由不努力呢？

通过阅读此书，我明白了一个道理：以勤奋的人为榜样，就不会懒惰；以积极的人为榜样，就不会消沉；与智者同行，就会不同凡响；与高人为伍就能登上人生巅峰，这就是榜样的力量！

通过阅读此书，我明白了教师幸福的追求之道。教师是否幸福，于个人来说是一种感受和体会，于职业来说则是一种义务和责任。教师的幸福不是别的，就是由自己的学习、工作和生活带给自己的成就感和包含在其中的快乐感。

通过阅读此书，我深深体会到：任何事业的成功都是以敬业开始，以自己所从事的职业为追求的目标，以废寝忘食，如痴如醉，不达目的誓不罢休的精神，将自己的全部热情和精力投身于所从事的工作之中，热爱它，奉献于它，将理想的目标融于日常的工作当中，做到苟日新，日日新，又日新！由此我们就会充满蓬勃向上的正能量，乐观积极、不惧失败，善于在不断的学习中总结和反思。

每个人都渴望事业的不断发展和成功，那就让我们以陈老师为心中的榜样，不断学习，不断提高自己的专业技能和文化修养。有人说，读书是这个世界上门槛最低的高贵举动，也是拉近我们和最优秀人物之间差距的最简单方法，那就让我们记住天道酬勤，把书本作为自己进步的阶梯，让书香弥漫在我人生旅途之上——直到永远。

砥砺前行　方得始终

——读陈自鹏《教师幸福追求之道》有感

高秋舫

以前曾听人说，教育的终极目标是追求幸福，只有当教师充满对职业的幸福感的时候，憧憬的幸福教育才会得以实现。面对这样一个较高层次的要求，一个普通老师该从哪里入手才能实现自己的理想和追求？当我读完陈自鹏老师所著的《教师幸福追求之道》这本书的时候，心中豁然有了答案。

一、甘守清贫，珍惜教学相长的幸福

"讲台催人老，粉笔染白头。"教师，没有华丽的舞台，没有簇拥的鲜花，一支支粉笔是我们耕耘的犁头。在《教师幸福追求之道》这本书中我们看到，陈老师自踏上三尺讲台的那一刻起，就忠实地、幸福地履行着自己教书育人的职责。这期间，度过了多少个春秋，送走了多少位学生，又有多少位学生受他的启发走上教师岗位，估计连他自己都数不清了。在与学生相处之道上陈老师一边播种，一边收获。由于工作努力，成绩突出，刻苦钻研，陈老师获得天铁教委、天津市教委以及国家部委颁发的很多荣誉，也不可避免地接到了很多单位的高薪聘请，其中不乏知名学校的诱惑。面对高薪及高职诱惑，他果断拒绝，甘守清贫，为我们树立了一座标杆，一面旗帜！

二、因材施教，体验班级管理的幸福

"千里马常有，而伯乐不常有。"每位学生的先天条件不同，兴趣爱好不同，逐步引导，因材施教都会成为国家的栋梁之才。为了利用学生的差异进行教育，陈老师采取了多种手段来掌握每一个学生的个性特点，如家访，调阅学生档案，课下与学生谈心，分析学生成绩，平时观察学生，了解任课教师意见等等。书中虽然仅有寥寥数语，但我们可以想象在这件事情的背后凝聚了陈老师的多少心血。尽管只有几年的时间，但通过理论学习和工作实践，他逐步掌握了班级管理的规律和方法，并在自己不断探索和创新的基础上，将班级管理工作开展得有声有色。难怪他书中提到自己做班主任时带过的一个班级，在毕业20年后重返母校的时候，以一封书信的方式来表达他们对老师的谢意和祝福。此情此景，对陈老师来说，做班主任工作实在是一种成就、一种享受、一种幸福。

三、乐于拼搏，收获学有所获的幸福

"路漫漫其修远兮，吾将上下而求索。"陈老师乐于读书，乐于学习，乐在其中。他几十年坚持读书学习，就是在走上领导岗位后也笔耕不辍，孜孜以求，坚持学习，靠着自己热爱读书、不怕吃苦、坚持不懈的精神，陈老师先后取得了专科学历、本科学历及教育学硕士学位，并在45岁时考入了中国教育界的"黄埔军校"——北京师范大学，攻读博士学位，其后通过自己努力顺利获得博士学位。这是怎样的一段历程，期间有多少艰难困苦，陈老师都一一趟过去了，因为他相信自己的能力，相信只要敢于挑战困难，坚持梦想，人生的道路上必定不缺精彩。

四、创新管理，追求开拓进取的幸福

"三军易得，一将难求。"优秀的指挥官和领导对一个队伍一个体系的作用是影响极大的。在几十年的教学及管理工作中，陈老师提出并创建了

"五三四"管理模式，注重目标责任的落实和考核，注重管理效益的实现和提升，经过多个学校的不断改进和创新，都取得了良好的效果。陈老师倡导"三立"，期待"三成"，鼓励师生提高自己，实现自己的愿景和抱负，很多教师和学生都终身受益。每个组织的生存发展、兴衰存亡在很大程度上取决于管理者的战略决策，取决于管理者能否审时度势，能否把握环境变化。陈老师不墨守成规、改革创新，自创、拟定和实施的一整套符合学校教育发展的管理制度，对天铁教育的发展起到了非常关键的作用。

五、大道至简，享受登高望远的幸福

"栉风沐雨，砥砺前行。"时代在不断地发展进步，对我们教师的要求也越来越高，只有不断学习，不断提高自己，才能与时俱进，不被社会所淘汰。陈老师作为一名优秀的管理者，坚持以人为本，坚持以教育的根本，即以学生和教师的成长、发展为本，遵循教师和学生成长和发展的规律，激励教师和学生发现自身的闪光点和不同点，充分调动教师和学生的积极性和创造性，这令我们终身受益！看似简单的管理，其实蕴含陈老师殷切的希望，更蕴藏着他默默耕耘、刻苦钻研的心血。大道至简，陈老师真正达到了化繁为简，登高望远的境界。

在书中我们看到，几十年来，陈老师从教师、班主任、校长到教委主任，担任了多重角色，每个角色都书写了浓墨重彩的一笔。读《教师幸福追求之道》，我们不仅能从中领悟教育之道、工作之道、思考之道、研究之道、传播之道，更能和陈老师一起品味身为教育人职业追求的幸福。让我们沿着陈老师的足迹，俯身躬耕，去追求我们的职业幸福之路！

读到便是幸运与幸福的相遇

杨祝英

怀着一颗崇敬的心，我拜读了天津市教育名家陈自鹏老师《教师幸福追求之道》一书，读后心潮澎湃、感慨万千……

一、生于忧患，激发斗志

书中"生于忧患"描述到：一个离开妈妈才几个月的小毛头，为了能够让他吃上一口奶得以活命，父亲一家一家叩开年轻妈妈的门扉……这时的我不禁潸然泪下，艰辛的生活并没有磨灭作者的斗志，相反使他坚定信念、发愤图强、勇往直前、不懈努力，靠着惊人的毅力最终成就了自己、成就了天铁教育。纵观当今社会，物质的极大丰富，远远满足了我们物质文明的需求，但是我们缺乏一种励精图治、发愤图强的精神，这能说是一种幸福吗？值得我们深思。

二、炳照向前，感悟良多

读"炳照向前"一节感悟良多。作者从生活和工作的点点滴滴，娓娓道来王炳照大师的豁达、大度、宽容、善良、勤奋、智慧，这是我们穷其一生去学习的。作为老教师的我，常为在工作上取得的点滴成绩而沾沾自喜，今日在大师面前是何等的惭愧！就单是从"经师"到"人师"的成长和转变就使我难以望其项背。在今后的生活和工作中，我应该多向人生导师学习，不断丰富自己的教育教学经验，在自己力所能及的范围内为社会培养出更多的建设者。

作者谈到当年参加自学考试时，曾产生过"打退堂鼓"的念头，但是作者以张海迪、石一新的事迹为榜样，鼓励自己重整旗鼓，最终顺利通过自考。

这种精神使我汗颜。大学毕业我来到学校工作，学校的环境适合读书学习，于是我踌躇满志，决定报名参加"会计专业"的本科自学考试。当真正学习时才知道自学成才是多么的不易！靠自学成才的学子要付出太多的努力、太多的毅力和太多的艰辛……最终我没能坚持下来。就这样，遇挫而退的我，这一生就混迹于平庸中了——泯然众人矣。从中我也深深理解了作者勇于攀登、自强不息、奋发向上的精神是多么的难能可贵，是值得我们学习的，也是我们非常敬佩的。

三、四学互联，助我成长

作为一名教师，专业成长一直是我感兴趣的话题。读书中"四学互联"（向书本学、向实践学、向他人学、向问题学）一节，细细体味，有醍醐灌顶、豁然开朗之感。

一直以来，认为自己在专业成长过程中，"四学"做得还可以，今日相较之下，何至于杯水车薪？我的想法和做法是何等的狭隘、肤浅。

向书本学。在教学过程中，但凡与专业课内容相关的其他专业知识，我都能自觉做到去探索、去学习，但是谈到教育学、心理学、教学法等知识，我就相差甚远了，这是我应该尽快补上的一课。

向实践学。就职业教育而言，培养的学生应具有动手能力、实践能力和可持续发展的能力。这就要求我们职教教师应具备"双师素质"能力。多年以来，我们在实践学习方面做了大量的探索和研究。今日读到"向实践学习应学会实做、精做、巧做和乐做"时，感觉我们实践学习比较粗放、不细致，还有很大的提升空间，我们仍需继续努力，将实习实训教学实践工作做精、做细，通过我们的培养，使我们的学生走向社会后更具专业竞争力。

四、十点技巧，高效课堂

教师的主阵地在课堂上，追求高效课堂一直是我们为之努力实现的目标。在多年的教育教学过程中，虽然也领悟了一些技巧和方法，但都是片面的、零碎的。而"十点技巧"针对课堂的整个教学环节全面地、完整地、精准地告诉了我们教师应该具备的能力，即谋、说、读、写、画、演、问、评、导、控。读到这里豁然开朗，确有一种"柳暗花明又一村"的感觉。一名教师如果具备了这些能力和素质后，高效课堂的实现就是一件轻而易举的事情了。

如今作为教师的我，距离这十点技巧的要求还差得很远，不过有这一指路明灯指引方向，我将会继续努力，不断提高自己教育教学的技能技巧，争取使自己的课堂成为高效课堂。

五、四个问题，教研方向

多年以来，本人自认为在教育教学方面积累了一定的方法、技巧、技能和感悟，当要深入研究，撰写成自己的科研成果时，又深觉文章言之无物，上升不到一个理论高度，总有一个瓶颈卡在那里突不破。今日读到书中"教师四个方面的问题研究必不可少"的内容后，茅塞顿开：（1）研究重点问题；（2）研究热点问题；（3）研究难点问题；（4）研究疑点问题。有教育专家指点迷津，再经过我们的不懈努力和思考，我们的教学研究工作会做到很好，做一名名副其实的"教、学、研"一体化教师应该是不难的。

读《教师幸福追求之道》的感想何至于此？何至于如我之肤浅？应该说作为一名普通的教育者，我能读到《教师幸福追求之道》是幸运的，也是幸福的。

高山仰止 景行行止

——读《教师幸福追求之道》有感

李丽芳

近期，我读了陈自鹏老师《教师幸福追求之道》一书。初读这本书，我被陈老师的成长经历所震惊，因为我眼中的陈老师脸上总是挂着微笑，对待每一个老师都一样的和蔼可亲、和颜悦色，没想到他有那么悲惨的一个童年；再读这本书，我被陈老师的学习经历所震撼，从中专毕业到大专、到电大、到研究生、到博士，这样的求学经历可谓是个传奇。在我眼中，陈老师是一个强大的存在，他是特级教师、是博士、是教委主任，这些身份在我们天铁教育中是绝无仅有、高不可攀的，但他依然不停地学、做、研，依然对书籍如饥似渴、手不释卷。不论是做学生、做教师、做管理他都做得幸福、做得让人心生敬畏，同时，他的幸福也深深地感染着我，感染着我的同事、感染着有幸为天铁教育尽微薄之力的天铁教育人。对于幸福，不同人有不同的认知和感受，通过读这本书我了解到陈老师对幸福的不同诠释。

一、幸福是常怀感恩之心，常为感恩之行

感恩，是一种美好情感，是生活中的大智慧，是事业上的原动力和内驱力，是人的高贵之所在。陈老师就是这么一个有大智慧的人。6个月时

父母由于政治原因被迫离散，由于"出身不好"经常受人欺负，甚至两次被迫辍学，但是他没有抱怨而是以一颗感恩之心去发现不幸中的幸运。母爱没有了，幸亏还有父爱，于是加倍珍惜；爷爷走了，幸亏还有爷爷教的诗书古训，于是努力继承；被迫辍学，幸亏还有书籍课本，于是勤奋自学。

英国作家萨克雷曾经说过："生活就是一面镜子，你笑他也笑，你哭他也哭。"感恩也如是，当心存感恩时，我们就会觉得有些抱怨是无谓的，有些烦恼是不应该的，有些曲折是可以征服的，有些困难是暂时的。常怀感恩之心，能让我们保持积极、健康、阳光的心态；常怀感恩之心，能让我们对别人、对环境少一份挑剔，多一份欣赏和感激；常怀感恩之心，我们便能够生活在一个感恩的世界里，就会感到世界的美好之处，当然也就会享受世界带给我们的幸福感。

陈老师不仅常怀感恩之心，也常为感恩之行。二十几年的教学、管理生涯中，在陈老师手中诞生了多部著作，他曾先后六次获得天津市教研教改成果奖，两次获得天津市基础教育教学成果奖，一次获得中国中小学幼儿教师奖励基金会优秀著作奖等等。对于这么一个优秀的教师和管理者，很多次、很多单位向他伸出橄榄枝，只要他肯就可堂而皇之地离开天铁、离开这个山沟沟。但是他没有，他说他爱这个企业、爱这里的教育、爱这里的群山。其实我们明白，他在为感恩而行，用自己的行动来感恩给过他些许慰藉的第二故乡。高山感恩于土壤，方能成其雄奇；大海感恩于细流，方能就其博大。也正因为陈老师在这片土地上"幸福地学习着，幸福地工作着，幸福地思考着，幸福地研究者，幸福地传播着，幸福地成就着"，才使得天铁这个远离繁华都市的区域教育声名远扬。

二、幸福是攀登过程中欣赏到的风景和登高之后的喜悦之情

陈老师是一个韧劲十足、意志顽强、不断拼搏的人：做学生他勤奋苦读，先后自学了大专、本科，攻读了硕士和博士学位，在这个过程中本是辛苦连连，他却感觉有滋有味、幸福满满，因为在自己的努力下一篇篇成果、一本本著作都能给他前行的动力，都是沿途最美丽的风景；做教师他

享受教育，努力成为"师德的表率、育人的模范、教学的专家、教研的能手、教改的先锋"，最后成长为特级教师，这个过程也一定压力山大、身心疲惫，但他"舍不得三尺讲台"，"学生的天真烂漫、清澈的眼睛、专注的神态"让他不知疲倦，幸福满满；做管理他登高望远不断创新，从班主任、校长到教委主任，应用"科学管理并艺术化地进行管理"，从而使管理成为一种创造、一种享受。

三十多年的教育征程中，陈老师"没有丝毫的懈怠和动摇"，陈老师为"自己是个知道努力并且永远奋发向上的登山人而感到满意，感到幸福"。反观我们的教育战线上多少同志满足于自己对教学的"熟练"，把课堂教学当作对机器的操作，机械反复、不求改变；多少人不问自己的付出与贡献，而对环境耿耿于怀；多少人不去思考研究、不求创新，满足于但求无过……也难怪动不动就会有职业倦怠，感受不到幸福所在。

教师是否幸福，于自己是一种感受，更是一种体会，陈老师的成长之路可谓是教育的玄奘之路，在这么一个崎岖坎坷的道路上，陈老师都不惧艰难、幸福满满。作为新时代的教师，我们更应该像陈老师一样，通过不断的学习、研究、创新，从中获得成就感、获得幸福感，并让自己的幸福感染自己的同事、学生、家长，让我们都能享受学习、享受工作、享受人生。

吟啸徐行　歌在未来

——《教师幸福追求之道》读后感

李信立

　　假期中，认真仔细地看完了陈自鹏老师撰写的《教师幸福追求之道》，从书中感受到陈自鹏老师一路走来的历程，既是视野不断开阔，知识不断丰富，能力不断提升的过程，也是审视自我需求，修正人生目标，雕塑个性生命的旅程。陈老师是以一种精神和境界追求幸福学习之道，追求幸福工作之道，追求幸福思考之道，追求幸福研究之道，追求幸福传播之道。

一、行在旅途　衣带渐宽终不悔

　　"生活本身的目的就是获得幸福，追求幸福，让众生殊途同归。"陈老师面对人生的磨难，挑战人生，志存高远，几十年来读书学习，笔耕不辍，写下了多部著作。看到此时，我不禁思考到这样一个问题，无限丰富的知识世界中，日趋繁杂的情感诉求中，正是有那种执着的信念，不断激活生命中潜藏的希望与激情，推动着心灵朝向生活中的明亮而持久奋进，而让我们深深折服的是陈老师那种"衣带渐宽终不悔，为伊消得人憔悴"的勤勉努力。

　　身为老师，倾尽你的全部才智，把你所从事的教育工作，经营成为最值得你追随终身的事业。你不甘平庸，给生命确立一个必须为之付出相当精力的高位目标。你以这样的目标引领并激励自身一路前行，无论风雨，无论阳光……

二、思在当今　人间亦有痴于我

天铁的教育被誉为天铁集团的半壁江山，与陈自鹏老师这么多年主管教育工作是分不开的。"校长专心，教师尽心，学生开心，家长安心，社会放心"，已是天铁教育独特的靓丽的办学理念，它让天铁第二中学这个名不见经传的山村学校声名远扬，教育教学质量逐年上升，天铁众多学子清华、北大榜上有名，让我有着作为一名天铁教师油然而生的自豪感。

有人说过，做老师具有五个层次：一是大教师，二是教书匠，三是以教谋生者，四是因教误人者，五是恶教师。是啊，为师者，不能急功近利，身处三尺讲台，鲜有机会去阅历那些繁华，少了些许俗世的浮躁，多了几刻品著思索的雅致。茶蕴平淡，色泽醇和，馨香内敛，恰如为师之道，能够心中有茶香，把教师的工作这份平淡而平凡的工作，于静谧中倾情绽放，做得从容纯粹，恬淡平和，幸福快乐而富有诗意。给自己的生活一个高远而精确的定位，让自己肩负起一种责任、一种使命，岁月更迭，就会觉得当一名教师心甘如饴。

人生有太多的舍弃，但是只要我们坚持让自己的心情赢得一份胜利，让岁月见证我们的努力，就会给生活留下一份幸福温馨的记忆，在这一点上，陈自鹏老师做到了。在书中，陈老师告诉我们风雨过后不一定有彩虹，播种耕耘之后不一定全有收获，但不能悲观，不要放弃，要坚持不懈地努力，要执著地追求，抓住每一个黎明的瞬间，努力地汲取养料，走下去，为前方的梦而奋斗……

三、歌在未来　何妨吟啸且徐行

昨日如歌，沉淀着岁月的记忆；今日如歌，承载着快乐的航行；明日如歌，缤纷着彼岸的梦想。"能不能在学和做的基础上进行研究，是一般教师和优秀教师的分水岭，教育教学研究给人的成就感和幸福感是其他工作与之无法相比的。"陈自鹏老师在专业化成长之路上做到了。他在研究中有思考，思考中有悟道，并遵循利用这些规律成长、成功、成就，这是我们未来应该努力的方向。

看到此，我联想到叶嘉莹教授一生经历过三次劫难，但她用古典诗词放飞自己的心灵，借助古典诗词的力量唤起温馨甜蜜的情感，她用她的一生传唱着古典诗词的美丽。

基于此，我们要确立自己的成长方向，着力提高自己内在的修养与气质，得以有让心灵富足的空间，得以有让自己如饥似渴地汲取知识养料的时间，从而丰富自我，提升自我。也许我们在悠长而严肃的岁月里逐渐失去诗意的馈赠，但我们也有所敬畏，因为我们对生命充满深刻的爱意，对教育怀有善良的敬意，我们会思索时代赋予我们的角色的意义……

掩卷遐思，《教师幸福追求之道》里面流淌着感人的文字，充盈着执着的信念，散发着幸福快乐的馨香。生活本身的目的就是获得幸福，当"一叶梧桐一报秋，稻花田里话丰收"来临时，我惊异地发现，自己度过了一段丰盈充实而又美好的假期。

教师的幸福，就在不断追求之中

——《教师幸福追求之道》读后感

荣志刚

　　近日，有幸拜读了陈自鹏老师的《教师幸福追求之道》一书，掩卷深思，受益匪浅。从一位优秀的教育工作者艰辛而又幸福的学习、成长、成才、成功和成就之路中，我不仅受到了教育教学方法和管理艺术方面的启发，更得到了一种心灵的洗礼与净化。

　　人人都在追求幸福，教师的幸福是什么？教师的幸福在哪里？作为一名教师，你是否感受到了幸福呢？

　　陈老师告诉我们，教师的幸福不是别的，就是能够在自己的学习、工作、思考、研究、传播、交流和些许的成就中得到满足和快乐。

一、教师的幸福就在不懈追求之中

　　从文中，我看见了一个出生于破碎家庭，生活窘迫，从小被打入另册的孩子，虽然被迫两度辍学，但硬是靠着自己的坚忍不拔，勤奋自学，从科技英语翻译专业、英语语言文学专业、课程与教学论专业，一直读到中国教育史专业；从大专、本科、硕士，一直读到中国教师的最高学府北京师范大学，依靠深厚的专业素养取得了博士学位。他钟情于教育，当教师，做教研员，成长为特级教师；做教育管理，他担任过班主任、教务主任、副校长、校长、教委副主任、教委主任。遇到困难时，他知难而上；处身逆境中，他激流勇进。一路走来，正如他自己所说"学业多舛志益坚"，他凭借自己顽强的毅力，不懈地追求幸福学习之道，幸福工作之道，幸福思考之道，幸福研究之道，幸福传播之道，醉心其中，乐此不疲。

二、教师的幸福就是践行责任，无私付出

作为一名教育者，我们要时刻牢记：立德树人，责任重大，使命光荣。陈自鹏老师热爱教师工作，对学生充满爱心，对自己和社会有着强烈的责任感。他向书本学，向实践学，向他人学，向问题学，坚持学、做、研的统一，不断提高专业素养和管理艺术，做师德的表率，育人的模范，教学的专家，教研的能手，教改的先锋。办好天铁的教育，办"校长专心，教师尽心，学生开心，家长安心，社会放心"的人民满意教育是他的理想和信念。虽然任重道远，他却努力地践行着，真正把做人、做事、做学问统一起来，与全体教职工一道撑起了天铁凝聚力工程的半壁江山，使天铁职工的子女在大山深处享受到了和市区一样优质的教育，使得天铁这个远离城市，远离繁华，远离中心、远离关注，本不典型的"小规模的大教育"得以声名远扬。

三、教师的幸福在于享受研究与创造的快乐

一名教师，当他不再将自己所从事的工作仅仅作为谋生的手段，而是作为一项事业来用心经营时，他就不会再把天天上课看作是一种单调无味的义务而视为从事研究这条幸福道路上不可或缺的享受。陈自鹏老师认为，教师集专业学习、专业服务、专业研究于一身，有着得天独厚的研究条件与基础。在几十年的学习、工作中，陈老师真正是边读书、边教书、边管理，学着、做着、思考着，并在思考中不断深化、完善、升华着自己的实践和理论。博观而约取，厚积而薄发。在最近的十几年里，从陈自鹏老师的手中诞生了《老师帮你记单词》《老师帮你学语法》《我做学生——从顽童到博士》《我做教师——从普通教师到特级教师》《我做管理——从

班主任到教委主任》《中国中小学英语课程教材教法百年变革研究》等多部著作。他曾经六次获得天津市教研教改成果奖，两次获得天津市基础教育教学成果奖，一次获得中国中小学幼儿教师奖励基金会优秀著作奖，并先后成为《成人教育报》《招生考试导报》《天津教育报》《天津教育》专栏作者。并以此为平台和媒介，他得以结交一大批志同道合的朋友，以文会友，享受着研究的快乐和幸福。

读书、教书、管理，有人觉得又苦又累，不堪其烦，陈老师却能享受其中，乐此不疲，立德、立功、立言，幸福满满。用魏书生先生的话说，这源于他常怀友善感恩之心、常怀自强不息之心、常怀鹏飞万里之心，对不可为之事看得开、放得下，对分内之事拿得起、进得去、想得深、干得实，与道同行，乐在其中。

教师专业成长之路：学、做、研见真功

——感悟《教师幸福追求之道》

李艳霞

当代教育家朱永新老师对教育之于教师的关系曾有这样的评价：享受教育，你就多了一双发现的眼睛；享受教育，你就多了一份快乐的心情；享受教育，你就多了一股创造的激情；享受教育，你就多了一种生活的诗意……的确，捧读陈自鹏老师的教育论著《教师幸福追求之道》感悟其成长之路，领悟一位教育工作者博爱的襟怀、飞扬的激情、不尽的快乐，同时也由衷感佩陈自鹏老师在教师成长之路上给我们每个教育工作者在学、做、研各方面所积累的经验、凝聚的智慧、形成的思想、做出的示范。

一、学习

一个教师的专业成长究竟是沿循着怎样的一个路径呢？或者说要经历哪几个阶段呢？陈老师在他的《教师幸福追求之道》一书中做出了明确的界定：如果说教师专业成长是教师专业知识增进，专业技能提升，专业思想成熟过程的话，那么教师专业成长应该经历经师、人师、明师和名师四个阶段。经师心中有经典，人师心中有学生，明师心中有悟道，名师心中有远方，专业影响应该更深远。要达到这些要求，不是一蹴而就的事，需要教师长期持续不断的努力。

陈老师在《教师幸福追求之道》一书中详细地谈到了教师成长的第一步——教师的"四学"。第一，要向书本学习。教师向书本学习，不仅要学习本专业知识，要学习教育理论知识，还要学习相关专业知识。第二，要向他人学习。"三人行，必有我师焉"，我们有很多朋友、同事、领导在某一方面或闻道在先，或术业专攻，他们是我们学习的榜样。第三，要向实践学习。教师要注意向教育实践、教学实践、教研实践、教改实践学习，发现自己的不足、明确努力的方向。第四，向问题学习。在教育工作中我们常常会遇到一些矛盾和问题。只有不断探求问题的本质，才能锻炼和提高自己真正的学习能力和工作能力。

二、实践

学做研是教师专业成长的基本途径。学是前提，教育教学实践工作是基础。如何"做"好是摆在我们一线教师眼前的大问题，陈老师从教师如何爱学生、如何做班主任工作、怎样建设高效课堂三方面给出了答案。

没有爱就没有教育。这是我们教育工作者耳熟能详的名言。但是教师如何爱学生却大有讲究。陈老师提出了教师对学生的爱要做到"四有"：第一，教师的爱里有原则；第二，教师的爱里有期待；第三，教师的爱有引导；第四，教师的爱有激励。教师的爱是道义、责任、道德情怀，更是职业追求。

班主任是班集体的组织者、管理者、领导者和教育者，是学校、家庭和社会三种教育渠道之间的桥梁。那么，怎样才能创造性地做好班主任工作呢？陈老师在"班级工作管理部分"就遵循班级工作三大规律与其实践探索中归纳出的七种方法做了详细解说。提醒我们以科学的态度来对待班级教育这门科学和艺术，要采取科学而有效的方法组织班级教育和班级管理活动，要搞好科学研究，进行科学决策，采用科学的评价手段，才能不断改革和创新班主任工作，不断提高班级教育和管理的质量和水平。

高效教学是教学收益大大超过教学投入的教学。要实现高效教学，陈老师建议我们在教学中应该做到"四个统一"：首先，教学应达到主导、主体、主线的统一；其次，教学要达到个体、全体、全面的统一；再次，教学要达到学生现实发展、中期发展和长远发展的统一；最后，教学应达到教学目的、教学过程和教学效果的统一。这提示我们，真正的高效教学不仅要注重学生现实的发展能力，还要注重培养其未来的发展能力。教学中，既要立足当前重视学生的基础知识和基本技能传授，也要兼顾长远抓好其分析问题、解决问题的能力培养。

三尺讲台和美丽校园是教师挥洒汗水、增长智慧、专业成长的舞台。育人不惧山路弯，从这点点滴滴的经验总结中，我们看到的是作为教育人应有的兢兢业业、睿智谦和、师爱深远。

三、研究

学做研是教师专业成长的基本途径。学是前提，做是基础，教科研是保障。陈老师身体力行，集学、做、研于一身，通过他的实践与思考教我们如何在教科研中思考问题；如何在教科研中改进工作；如何在教科研中创新方法；如何在教科研中提升水平；如何在教科研中取得成就。

怎样从事教学研究工作？其具体途径和做法是什么？

陈老师在其著作相关章节从树立问题意识是做好教科研的前提；把握科研方法是做好教科研的关键；抓好研究过程是做好教科研的保障三方面做了具体的方向引领和方法指导。鼓励教师宏观上有自己独立的教育思想，鲜明的教育风格，实践中有自己引以为荣的一班学生，得心应手的一套方法，经得起反复推敲的一堂课，值得他人学习的一些学术成就，期待每个人都能在专业成长道路上有所思、有所获。

陈老师用心读书、潜心教书、精心著书，他以教师理想的职业生活方式实践"立德、立功、立言"这一人生理想，完美诠释了教师幸福追求之道，为我们树立了学习的榜样，明确了前进的方向。

（本文原载《天津教育》）

《教师幸福追求之道》感悟

张军民

几个月前，我有幸拜读了陈自鹏老师的《教师幸福追求之道》一书，细心研读品味，陈老师的做人之道、求学之道、管理之道、处世之道很值得我去学习和借鉴。

《教师幸福追求之道》见证了陈老师的心路历程。书中语言很有亲和力，就像讲故事一样，娓娓道来，妙趣横生。作者既是在谈自己的心灵成长过程，同时，也好像在跟我们进行着心灵与心灵的对话，启迪智慧，净化心灵。我为陈老师不畏挫折、百折不挠、愈挫愈勇、苦中作乐、乐观向上的精神所打动。看到陈老师所遇到的困难和挫折，自己所受的困难和挫折又算得了什么呢？

《教师幸福追求之道》见证了陈自鹏老师的奋斗历程。陈老师从懵懵懂懂、不谙世事的顽童，逐步成长为硕士生导师。靠的是什么？是他那壁立千仞的意志，靠的是他那一步一个脚印、脚踏实地的精神。陈老师的人生之路是一条漫漫自学路。他靠自学，考上了当时让人羡慕的中专，又靠自学，先后拿到了大专、本科文凭，又获得了学士、硕士、博士学位。这一路上撒下了陈老师多少的汗水，多少次的挑灯夜战、寒窗苦读，多少次的考场检阅……从陈老师身上，我体会到了"一分耕耘，一分收获"的涵义，也体会到了"长风破浪会有时，直挂云帆济沧海"的豪情壮志，更体会到了陈老师苦中作乐时，所流露出的满满的幸福。

《教师幸福追求之道》饱含着陈老师闪光的思想和成就。一是，书中饱含着他"常怀感恩"的思想。对帮助过自己的人永远记在心上，一有机会，即刻报答。二是，作者智慧的光芒。跟他交流，总能感觉到他的智慧的思想、敏锐的洞察力。他当老师，桃李满天下；他做管理，成绩斐然；他做研究，著述满满。

《教师幸福追求之道》为广大教育工作者探索出了一条幸福之道。为教师枯燥的教学工作指出了一条善学乐教之道，给教师们的职业顽疾——职业倦怠开了一剂良药，让老师们感觉到陈老师总是在奋斗着、幸福着并快乐着，这难道不是每个人都期待的吗？幸福在哪里？幸福在我们备课时对教材的圈圈点点中；幸福在对学生作业的一段段批语里；幸福在我们妙趣横生的讲解中；幸福就在师生互动的课堂上；幸福就在孩子们经历"山重水复，柳暗花明"后的笑脸上；幸福就在孩子们对我们一声声"老师好"的问候里。幸福在哪里？说到底，幸福就在我们的心里。愿我们广大的教育工作者和天下所有的人都能找到属于自己的幸福！

《教师幸福追求之道》一书，章节题目对仗工整，鞭辟入里，足以窥见陈老师严谨的治学风格和高深的文字功底。陈老师把自己的奋斗历程比作"进山、登山和乐山"三重境界。进山进得果敢坚毅，登山登得不同凡响，乐山乐得众人艳羡，我们被陈老师的快乐深深感染着。

有人说："积极的心态像太阳，照到哪里哪里亮。消极的心态像月亮，初一十五不一样。"愿我们每一个人的心中都有一个太阳，既照亮自己，也照亮别人，心满阳光，一路向前。

敬业乐业　执着前行

——陈自鹏《教师幸福追求之道》读后感

任育红

有幸拜读到陈自鹏老师的又一力作《教师幸福追求之道》。捧起此书，即被深深吸引。被陈老师的故事、经历带动，随悦、随忧；被意志、精神震撼，敬佩、敬畏；被境界、情怀触动，内观、内照；被思想、成就折服，敬慕、敬仰。本书初读感觉是一本普通的人物传记篇，深读后感觉更是一本励志篇、唤醒篇、教育篇、影响篇；看似在写个人的成长之路，实则是在传授成功之道、传播幸福之道。拜读此书，有种相见恨晚、爱不释手的感觉。随读、随感、随悟、随学。切实受益匪浅，感悟颇深……

一、感恩情怀

陈老师的成长之路是坎坷的。因为父亲的政治问题，婴儿时母亲离开，失去母爱；读书时，两次被迫辍学，下乡劳动。对于天生聪慧，酷爱学习的孩子来说，这种境遇是残酷的。而在陈老师描述中，没有过多提及不幸，而是更多的谈到不幸中的"侥幸"；没有一点点哀怨，而是满怀感恩。感恩母亲给予生命，感恩父亲、爷爷哺育教导，感恩教师教育关爱，感恩国家政策改革，感恩磨难，感恩机遇……

陈老师为自己的成长、成就感恩种种，我却感触于陈老师的感恩情怀。这种感恩情怀是天生的，不是人人都具备的。许多经历"坎坷""不幸"的人，抱怨悲愤，沮丧颓废。而陈老师面对不幸，唤起的是感恩情怀，激起的是奋发斗志。正是心怀感恩，才更珍惜机会，发愤拼搏，从而赢得了机遇，赢得了成就。

二、幸福境界

阅读中，渐渐被陈老师的幸福感染。陈老师从做学生、做教师、做管理，无不孜孜以求，奋力攀行。从不感觉攀登的艰辛、跋涉的煎熬，却时时处处感受着愉悦，幸福地学习着，幸福地工作着，幸福地思考着，幸福地研究着，幸福地传播着。正是这种幸福境界，使自己一直保持着饱满的热情，奋斗的激情。

读到这些，我不禁反观内照。自己的学习、工作应算是顺利的，但从没去体会这种幸福感。平时因工作紧张繁杂，常感觉心里压力大，有烦躁、抱怨情绪。读着书，体会着陈老师的幸福感受，回顾自己的幸运经历，心中的压力即刻舒缓，一种幸福感溢于心田。

三、执着追求

陈老师的成长经历与发展历程，就像一部励志片。生于忧患，学业多舛，却不消极，不气馁，坎坷磨炼志更坚。两度被迫辍学后，"心里有了一个决定：将来我要能捞到一个读书的机会，就一定读出个样子来"。就是凭着这种不服输的斗志，在田间地头，在挖河工地，在呼啸寒风中，树枝、石头当笔，地面、腰带皮面当纸，反复擦涂演算，高考复习；凭借这种不服输的斗志，在师范学习阶段，面对从没接触过的英语天书，勤奋苦读。课上、课间、清晨、夜晚，每个时间都利用的满满，分秒必争，心无旁骛；凭借这种不服输的斗志，坚持自学深造。面对一部部厚厚的英文"砖头"书，几十本枯燥的专业书籍，以坚韧的毅力，攻克一道道难关，从大专、本科、研究生，一直攻读到博士学位；凭借这种不服输的斗志，做教师，刻苦钻研，孜孜不倦。从普通教师做到特级教师，从小学教师、初中教师、高中教师，做到大学教师、研究生导师；凭借这种不服输的斗志做管理，励精图治，开拓创新，从教师、教务主任、做到校长、教委主任。把一个名不见经传的企业子弟学校，办成了天津市重点学校，成为天津市一个优质教育品牌。陈老师志存高远，执着追求。学有所得，做有所成，研有所悟。不但读书读出了"样子"，教学、管理、学术都做出了"样子"，不断从一个高峰攀向另一个高峰。

陈老师拼搏奋斗的精神，使我倍受鼓舞。以陈老师为镜，羞愧汗颜。近两年，自己时常会有身心俱疲的职业倦怠感，拼搏进取的动力减弱。陈老师的精神犹如一剂强心针，使我振奋、振作。我也暗下决心：要像陈老师说的那样，既要"活到老，学到老"，也要"学到老，活到老"。以学为乐，不辍耕耘。

四、传经授道

陈老师善于思考，善于悟道。小学时便懂得"学而不思则罔"。几十年的学习工作中，常常是学着、做着、观察着、思考着、提炼着、参悟着。思考出方法，提炼出技巧，参悟出门道。读书悟出"痴、持、耻、炽"之道；教书悟出"谋、说、读、写、画、演、问、评、导、控"之道；教学管理悟出"写字儿，说事儿，解闷儿"之道；学生管理悟出"三生有幸"之道……

陈老师坚持教、学、做、研四位一体，在学习、思考、探索、实践中不断深化着、完善着、升华着自己的理论，形成教育管理、学科教学全部系统的教育思想。提出并创建了"'五三四'管理模式""教育十二论"等教育理论。

陈老师是领导者、研究者，也是传播者、分享者。先后出版《老师帮你学语法》《中国中小学英语课程教材教法百年变革研究》等专著十余部，发表文章400余篇，将自己的思想理论、经验方法、研究成果传播分享，被其他地区学校、教师学习和借鉴，影响深远。

高山景行，可望而难以企及。我将奉为楷模，学习精神，汲取经验，不懈追求，认真践行陈老师的教育思想，勤勉治学，敬业乐业。

是金子总会发光

——读《教师幸福追求之道》有感

钟兰英

读完《教师幸福追求之道》一书，我越发觉得"是金子总会发光"这句话，从陈老师身上得到了印证。从陈老师进山、登山、乐山的过程中，我感受到了他的自信、自强、乐观，也领悟到了他的幸福境界。

一、自信

白莲，即使在黝黑的淤泥里，也能开出纯洁的花朵，才有了出淤泥而不染。是金子总会发光，何必在乎周围的环境？只要怀揣着远大的理想，在哪里都会有不平凡的人生。一路走来，陈老师自信满满。坚信自己能学好英语，当一名合格的英语教师；中师没毕业，又考上了电视大学，并摸索出自学外语的办法；继而又参加了天津市高等教育英语专业的自学考试，并顺利毕业；之后又入读了天津师范大学和北京师范大学取得了硕士和博士学位。这一路艰辛，一路坎坷，你可能都无法想象。但陈老师坚持，再坚持，都挺过来了，因为他相信自己能行。生活就是这样，脚长在自己身上，往前走就对了，直到向往的风景，变成走过的地方。"天生我材必有用"，面对这么一个自信的人，幸运也该偏向他不是！

二、自强

"以海迪为镜，我们便会有取之不尽、用之不竭的动力，任何艰难险阻都会被征服；以海迪为镜，我们应无私为人、勤勉治学、脚踏实地、不断向前。"自信，可以使一个人从平常走向辉煌，而自强，可以创造美好明天。从做学生的勤登书山，到做教师的坚守讲台，再到做管理的乐于创新，无不彰显着陈老师一路自强不息的精神。困难像弹簧，看你强不强，你强它就弱，你弱它就强。蛹想要成蝶，就要破茧；凤凰想要重生，就得涅槃。《伊索寓言》中那个愚笨的小毛驴都能依赖自身的力量求得生存，而作为"万物灵长"的我们，不更应该发奋自强、谋求最大限度的发展吗？拜读完陈老师的大作，无论什么时候，我都会牢记"天行健，君子以自强不息"。

三、乐观

"世有伯乐，然后有千里马，千里马常有，而伯乐不常有。故虽有名马，只辱于奴隶人之手，骈死于槽枥之间，不以千里称也。"陈老师没有因为生于忧患、学业中断等原因而畏缩不前，有善心的村干部成了有眼光的伯乐，加上陈老师自己的自信和努力，找到了天铁教育这个平台来展示他的天赋和潜力，陈老师成功了——成功属于乐观向上的人！陈老师在书中写到了魏书生先生的苦乐观：以豁达的心情乐此不疲地做好每一件事情，把生活中的一切看成享受，这样，你就没有什么想不通、不愿做、做不到、做不好的。陈老师一直践行着。他几十年的学习、工作中，一边做一边思考，享受着思考带来的新体会、新收获、新喜悦。

"三十多年来，我一直热爱着这一职业，并且没有过够做教师的瘾。"从这里我感受到了陈老师对教育教学的深深热爱，也更加自惭形秽。是金子在哪里都会发光，深山大树又何须移栽城里？放任心灵去遨游，任思想在空中飘荡，让大树的根扎在任何想去的地方，像蒲公英的种子随风飘扬，无须担心会飘到哪里，因为是金子总会发光。

　　有人说，做幸福的教师，是目标；幸福地做教师，是践行；享受到做教师的幸福，是成功。陈老师说："教师的幸福不是别的，就是在自己的学习、工作、思考、研究、传播、交流和些许的成就中能够得到满足和快乐。"教师要给学生以幸福，自己首先应成为一个幸福的人。感谢陈老师的分享，从他的《教师幸福追求之道》这本书中，我感受到了他满满的幸福，无论是做学生、做老师，还是做管理，幸福都洒在他每一页的字里行间。是金子总会发光。只要我们努力过，拼搏过，就一定会有回报。世界是公平的，你一定会在属于自己的那片天空中寻找到幸福、快乐。在陈老师的指引下，我会努力做一个幸福的教师，好让自己这颗"金子"熠熠闪光！

踏遍青山心不老

——《教师幸福追求之道》读后感

杨宏霞

　　山重水复行有路，柳暗花明境不同。合上书卷，恍然看见陈老师执着前行的身影……

　　追随。

　　当我在《教师幸福追求之道》中读到陈老师的学习方法时不觉一笑：他认真地观察分析自己的同学，从他们身上学习提高成绩的办法。疯狂读英语的鲁学珍、喜欢用手指比画回忆学习内容的曹凤岐、不疾不徐按部就班的张慧芹……知不足以自强，陈老师踏踏实实，一步一个脚印，不断地借鉴经验，不断地积累知识，不断地提高自我。这种学习的法子并没有什么特殊，陈老师用得，其实我们也用得。教师是站在讲台上传道授业解惑的那一个，在学生面前，有时候代表着一种知识和权威，可老师毕竟只是普通人，总有自己所不能理解明白的东西，终身学习是教师成长的必须，然而学习，不仅仅是抱着书本夜以继日，它还是日常生活中的观察和模仿，是"三人行"时选定目标的追随，是日复一日、年复一年的坚持。

　　有思。

　　"我在几十年的学习、工作中常常是做着并思考着，且常常在思考中有新的体会、新的收获、新的喜悦。思考常常让人茅塞顿开，豁然开朗。

思考影响心态，思考引导行为。"人是能思想的苇草，其全部价值在于思考。比如背单词吧，枯燥冗杂，实在不能说是多有趣味的事，我在学习时用的就是最笨的办法——死记硬背。陈老师却要用《老师帮你记单词》这样的方式激发学英语的热情，这不就是难能可贵的思考吗？教书时间越久，人就越容易屈服于习惯，精心准备一次课就能应付小半辈子。最可怕的不是怀疑，而是思想的荒芜。教师尤其要注意保持思考的习惯，如陈老师所说，坚持思考"才能育有目的，教有目标，管有方向"。也只有这样，教师才能体会到愉悦和幸福。

幸福。

陈老师说，幸福"于个人是一种感受，更是一种体会"。写了《教师幸福追求之道》的陈老师当然是幸福的：山重水复，他在自己选择的路上行走从不停歇，回首望去，往日苦难如诗如画，是生命里不可缺少的一抹色彩；柳暗花明，他从一个高峰攀向另一个高峰，见过了封闭的山村，也见过了繁华的都市，见过了乡民的朴实，也见过了学者的睿智，不同的意境，不一样的风景。

子贡倦于学，告仲尼曰："愿有所息。"仲尼曰："生无所息。"陈老师在取得世俗意义上的成功以后，似乎可以歇一歇了，但他就好像夸父，认准了太阳，那就永远奔跑。生命不息，学习不止，工作不止。"教师的幸福不是别的，就是在自己的学习、工作、思考、研究、传播、交流和些许的成就中能够得到满足和快乐。"当工作在时间的河里磨掉激情，当重复前一天成为人生常态，那也就无所谓幸福。然而，我们终究不是生产机器的员工，我们面对的是鲜活的生命、丰富的心灵，怎么敢让自己成为混日子混人生的俗人？在平淡如水的日子里发现学习的乐趣，在庸常重复的工作中寻找激情，在不停流走的光阴中积累幸福，这是为人也是为己！在人生的路上坚持本心，不停地行走，不停地充实自己的行囊，这大约就是陈老师在书中希望我们懂得的幸福之道了。

很多的人体会不到这种匆忙追赶太阳的幸福，是因为他们停在原地等待得太久。

　　我不去想是否能够成功

　　既然选择了远方

　　便只顾风雨兼程

　　人生没有等出来的辉煌，只有走出来的精彩，踏遍青山心不老，依旧风雨赴征程。这本书，不单是给了我们思想的指引，更重要的是给了我们可以反思自我，思考未来的机会。

谈陈自鹏教育"十二论"

李保东

陈自鹏老师又一力作《教师幸福追求之道》已由人民教育出版社出版，本人有幸提前拜读，在分享陈老师《教师幸福追求之道》中的幸福同时，感悟更多的是陈老师丰富的教育思想。

陈自鹏老师身世坎坷，但聪慧、坚毅、乐学、善思。三十七年来，做学生，他勤奋苦读，取得北京师范大学教育学博士学位；做教师，他享受教育，桃李芬芳，无愧天津特级教师称号；做管理，他谙熟教育，开拓创新，使天铁教育声名远播；做研究，他先后出版《老师帮你学语法》《我做学生》《我做教师》《我做管理》等专著十余部，在省市级报纸杂志上发表文章400余篇，成果丰硕，影响深远，令人仰止。在这些著作中，"教育十二论"是其教育思想著名代表。

陈老师关注教育价值追求。其"幸福论"认为，"幸福"是人类最永恒的价值追求，既是教育的起点，也是教育的归宿。师者应率先垂范，践行幸福、播撒幸福，不仅自己要"幸福地学习、幸福地工作、幸福地思考、幸福地研究、幸福地传播、幸福地成就"，同时要用幸福的价值观唤醒学生，用幸福的价值观影响学生。

陈老师关注素质教育研究。其"素质论"认为，素质是人们的思想与行为的综合表现，是后天形成的一种生活习惯。实施素质教育应重视学生德智体美等后天因素培养，育德应抓方向、抓品德、抓养成、抓学风、抓学纪、抓学效，使学生德有所立；育智应面向全体、因材施教、分类指导、全面提高，使学生智有所启；育体应学习知识、熟悉技能、磨砺意志、锻炼体魄，使学生体有所强。应高度重视育美和育心工作，使学生美有所养、心有所向，成为内心幸福、精神快乐的人。

陈老师强调中心工作。其著名的"中心论"认为，"学校一切工作应以教学为中心，教学以课堂教学为中心，课堂教学以教和学为中心，教和学以学为中心，学以学生发展为中心，学生发展以幸福快乐为中心"。中心论指明了学校工作怎么抓、抓什么的问题。

陈老师倡导和谐教育。其"和谐论"认为，教育应该是"现实和理想、理性和激情、内发和外铄、科学和人文、智育和他育、方法和艺术、共性和个性、继承和创新"的几个方面的统一。"和谐论"得到了教育同仁们的赞同与肯定。

陈老师重视三生教育，即优秀生、后进生和问题生教育。其"适合论"认为，世界上最好的教育是适合学生的教育。适合学生的教育需要学校去营造。教育应因材施教，分类提高。对优秀生要提出与其发展水平相适应的较高要求。在后进生的转化中，应结合基础型、能力型、学法型、意志型、学风型、结合型六种类型，分门别类做好工作。这对指导优秀生培养、后进生转化、问题生引导具有积极指导意义。

陈老师重视教师专业化成长。其"成长论"认为，"学、做、研"是教师专业成长的必由之路。教师应坚持向书本学知识、向实践学方法、向他人学精神、向问题学智慧；坚持实做、精做、巧做、乐做；坚持研究重点问题、热点问题、难点问题、疑点问题，把立德、立功、立言，把"做经师（心中有经典）、做人师（言行做模范）、做明师（研究有创建）、做名师（影响更深远）"作为终身追求。

陈老师关注教育目的达成。其"目的论"认为，"校长专心、教师尽心、学生开心、家长安心、社会放心"是评价学校教育是否人民满意教育的五个标准维度，是教育工作者的最终追求，也是教育工作者最高的职业理想。

陈老师重视学段衔接。其"阶段论"主张，幼儿阶段应坚持"入门启蒙，保教结合"；小学阶段要"重视双基，习惯养成"；初中阶段要"抓好双基，知能并进"；高中阶段要"扎实双基，能力为先"；职业教育阶段要"掌握知识，重在应用"，阶段论对促进各学段教育教学有效衔接具有重要指导意义。

陈老师注重规律探究。其"规律论"认为，语言规律和语言教学规律是认识语言、学习语言、使用语言不可或缺的重要方法，只有抓住语言教学的目的性、实践性、主体性、适切性、教育性、虚拟性、真实性、习得性、学得性、综合性十大规律，抓住语言自身的层级组合规律、聚合交际规律、逻辑判定规律、例外任意规律、时间印记规律、时空位移规律、文化遗传规律和创新创造规律，并研究、遵循、运用好这些规律，才会少走弯路，提高课堂教学效益和水平。他的规律论深得各地英语教学专家和同行们赏识。

陈老师重视高效教学研究。其"优化论"认为，优化"教学思想、教学环境、教学目标、教学内容、教学环节、教学方法、教学媒体、教学反馈、教学评价、教学研究"是实现高效教学的关键。他强调英语高效教学应"面向全体、定位发展、因材施教、全面提高、倡导民主、善于创新、灵活开发、辩证施教、系统完整、重视实践"。因此，他在教学和教学管理中取得了令人瞩目的成绩。

陈老师关注学校三个建设。其"重点论"强调，"在办学过程中，队伍、设施、机制建设是重中之重。队伍建设一靠引进，二靠培养；设施建设一靠投入，二靠管理；机制建设一要鼓励先进，二要鞭策后进"，该理论对天铁教育队伍、设施、机制建设起到重要作用。

陈老师重视管理模式研究。其"模式论"认为，学校管理应结合实际情况，实验实施多方联动模式、三全综合模式、科学人文模式、文化建设模式、五三四模式等多种管理模式。尤其应该指出的是，天铁实行"五三四"管理模式后大大地提升了天铁教育的管理水平和质量。五三四管理模式是指五定、三管、四有。具体来说，五定是指人定岗、岗定责、责定绩、绩定分、分定奖，籍此调动每一位教职员工的工作积极性。三管是指要落实目标管理、过程管理和考核管理，其中目标是方向，过程是关键，考核是手段。四有是指通过管理要实现有章可遵、有序可循、有法可取、有效可鉴。五三四管理模式对其他地区学校管理也起到了借鉴和影响作用。

　　陈自鹏老师治学严谨，其教育思想、教育艺术、教学艺术、管理艺术丰富且具有可复制性，对一线教育工作者具有指导、借鉴意义。

（本文原载《天津教育》）

我的梦　你的梦

李继光

教育不易教师难，树人之路百多艰。作为教育工作者，天天在说教育，天天在做教育，那理想的教育到底是什么？我们怎样才能把辛苦单调的教育工作做得丰富愉快，怎样在看似重复不止的生活中感受到幸福呢？真需要我们好好想一想、学一学，然后再踏踏实实地去实践。早听说天津有一位特级教师陈自鹏，他的教学、管理尤其是教育理念都非常有特点，正好赶上假期时间充裕一些，买到陈自鹏老师的《教师幸福追求之道》一书，潜心研读，细心品味，真有进入另一个境界之感。从陈老师的经历来看，他对教育的理解就是不靠世俗功利来评判好坏成败，教育是一种内化于心外化于行的力量，是知识、心灵、精神的交流的过程。换个角度通俗点说，教育就是陈自鹏老师用一生实现自己的梦，实现孩子的梦的过程。

我的梦：实现自己的人生价值和人生理想。价值理想的实现是要靠实力支撑的。作为一名教师，如果没有足够的知识，没有深厚的内涵，没有成大事的志向，就会缺乏底气，这样又怎么可能在理想之路上从容应对众多繁杂的事情？"天行健，君子以自强不息"，这句名言也是陈自鹏求学、教育经历的最好写照。陈自鹏老师是一个有智慧和底蕴的人，他懂得不断地在前进路上磨炼自己，用书籍充实自己的心灵，用学习丰富自己的智慧；陈自鹏老师也是一个有志向和坚持的人，他怀着一颗单纯之心走入大山，寻求一条不平坦更不平凡之路，坚定不移地走下去。追梦路上不仅需要激情，更重要的是要有持续的工作热情。他不断追求进取，做出了令人敬佩的成绩，但他懂得山外有山，山外有更广阔的天地。自学、奋斗，登上一级又一级台阶，这是陈自鹏的梦想和实践，他永远行走在追梦的路上，这条路永远不会有终点，这是陈自鹏老师的经历传达给我们每一个教育者的信息。

你的梦：实现学生的梦想，引导学生学有所成，成为真正的人才，这是教育的本质。学高为师，陈自鹏老师的学识、能力和才华令人敬佩；身正为范，更让我叹服的是他对事业的执着追求和对学生真挚的爱。身体力行，言传身教，在他身上，我感受到了陈老师做最好的教育者的热情，为了做最好的教育付出的心血。陈自鹏真心热爱学生，尽心培养学生，赏识优点，培养习惯，树立信心，带领孩子们追求生命的高度。他能走进孩子们的精神世界，做他们的良师益友，塑造着孩子们的梦，并且手拉手心连心地和孩子们一起实现这个梦。他把自己的追求融入到孩子们的追求中，把生命融入到孩子们的生活中，这是博爱，更是大爱。站得高才能看得远，关键还要想得远，和大多数的教育者不同，陈自鹏还能站在更高的高度审视自己，审视当今中国的教育，自己想成为什么样的教育者？想把孩子培养成什么样的人？中国的教育要往哪里走？一系列的问题在眼前、在心中，既是困扰，又是动力，陈自鹏时刻用这些问题警醒自己，引导自己往前闯，终于闯出了一片属于自己的天地，一片可以让孩子们自由翱翔的天地。

对于一个有理想的人，一个有奉献精神的人，"你的梦"就是"我的梦"。孩子们的理想就是陈自鹏的理想，陈自鹏的成功才会推动孩子们的成功。这是一项高尚的事业，只有纯净的人才能胜任；这是一项艰苦的事业，只有勇敢的人才能开拓；这是一项伟大的事业，只有无私的人才能收获。著名教育家朱永新为陈自鹏的书作序——《鹏自山中来》，赞扬陈自鹏扎根太行山的坚忍不拔，更推崇他勇于进取、敢于改革的气度不凡，这是来自于奋斗的享受，是来自于收获的幸福。我也想说，他从山中来，如鹏飞九天，也像是带着兰花草，带来山中教育的纯朴天然，带来不同于其他人的教育理念和方式，如芝兰之气一缕飘飘散入人间，最是沁人心脾的清香。

为陈老师此书作序的还有一位是全国闻名的教育家魏书生。我和魏书生老师都是盘锦人，我很幸运多次见到过魏书生老师并数次聆听过魏老师的报告，魏老师的教育思想理念大家都很熟悉了，其中有很多内容就是关于教育者如何追求幸福的，"潜心教研，处处都是净土；专心育人，时时都在天堂"就是他的名言。魏老师和陈老师二人的经历、工作内容、风格不尽相同，其实，仔细想一想，他们对待教育、对待学生的一颗心是一样的；对待教育改革的强烈愿望是一样的；对待幸福的感悟是一样的。他们已不仅仅是好老师、优秀教师，而是对我们每一个人都有着巨大影响的教育家了。

高山仰止，景行行止。虽不能至，然心向往之。身边的魏书生老师，远处的朱永新、陈自鹏老师，再远处：陶行知、叶圣陶、苏霍姆林斯基……这些令人景仰的教育大家，他们在教育之路上，发自内心地感受到了幸福，也为天下的学生带来了幸福。身为教师，我们更能懂得，这就是衡量一个人精神境界的标准。

回首教育之路，有得有失，有喜有忧，但有一点我敢骄傲地宣布，我心中为教育奉献的热血永远沸腾，为教育奋斗的火炬永远不熄灭，我心中始终有一个梦想，做最好的教师。作为教育者，和前面提到的那些教育家相比，我是那么地微不足道，甚至没有胆量相比。但是从他们身上我又明白，没有勇气如何去实现梦想。有位名人曾这样说过："只有敢于攀登高峰的人，才有希望到达光辉的顶点。"也许我没有可能达到那样的高度，永远只是大海之一粟，那我也要默默地耕耘好自己的这一方土地。我坚信每天都勤奋努力做好自己，潜心学习，不断研究，一定会向梦想靠近！中国梦，我的梦，每一个教师的梦想，汇聚成伟大中国梦。我希望我们今天的梦想会成为孩子们明天的现实。为实现中华民族繁荣富强的中国梦，我愿意竭尽全力，在教育事业的这片田地里不止地耕耘。一生好好做一件事，一生把一件事做好。我应该做这样最好的教师，我深信这是一名教育者的荣耀，我也深信这将带给我无尽的幸福。

　　陈自鹏老师在书中说：大道至简。没错，世上事本不复杂，只要踏踏实实做人，兢兢业业工作，捧出真心育人，打开思想教改，梦想定实现，幸福自然来。

心中矗立的标杆

——读陈自鹏老师的《教师幸福追求之道》有感

周建国

　　在假期里，我通读了陈自鹏老师的《教师幸福追求之道》，陈老师的事迹、成就和为人为师的境界再一次打动了我的心。在怦然心动之际，我用自己的笔记录了内心的感触——

　　陈老师从1980年中专毕业就跋涉千里来到河北涉县这块红色热土，扎根太行山区，投身天铁教育。如今"弹指一挥间"三十七年已过，对党和人民的教育事业是那样的忠诚、无私和执着，在艰苦而又平凡的教师工作岗位上无怨无悔，在天铁教育不断壮大的过程中兢兢业业，做出了卓越的贡献。他几十年的教、学、做、研，走出了一条"鹏程万里自奋进，扎根天铁育新人"的专业化成长之路。读着读着欣羡之情溢于言表。

　　陈老师从1988年通过天津市高自考英语本科毕业到2008年取得北师大的教育学博士学位，可谓自立自强，自学不辍，成就斐然。书中字里行间映射出陈老师伏案淡定、灯下苦读、笔耕不辍的身影，敬慕之心油然而生。

　　无论读书自学、上进求知还是为人为师、辛勤工作都是我的楷模，"工作着并学习着"这是多么美好的人生际遇呀！陈老师所追求的职业幸福之道正是我们学习生活工作的正确方向！

"外显有规，内涵有德"的仁者之师

人说童蒙养正，少年养志。细读书中第一章便知：陈老师的启蒙老师是他的祖父，他的祖父虽生在农村，但是个饱学之士。教他识字，背诵《三字经》《百家姓》，还背很多的儿歌、唐诗、宋词；教他很多规矩和做人的道理。因而，他在祖父的教诲中打下了很好的学养根基，为他以后的自学自考，为人为师，追求上进奠定了很好的基础。

读书中第二章第三章，我觉得陈老师育人不惧山路弯，任重道远永向前。育人是辛苦之行，是心灵的探索之行，更是人性至善的传导之行。《大学》中说："大学之道在明明德，在亲民，在止于至善。"古人把止于至善作为教育的最高准则和最终目的。善从某种意义上就是爱，就是仁。陈老师的仁者之行深深打动了我的心，在今后的工作和生活中我要善待学生、善待同事、善待社会、善待自然、善待自己。五善并举，快乐做人，快乐为师，行陈老师的仁者之道。

还有一次听他做教育专题讲座，当时陈老师已经是天铁教委的主任了。他丰富的知识内涵，鲜活的教育案例，深入浅出的讲解，激发了在座教师对教育的责任担当和对教育科学规律的探求热情。讲座现场，陈老师温和的语言，磁石一样，吸引着我们，给我们内心强烈的感染和深深的震撼。

三十多年来，深研细磨道术间，陈老师虽不能说是著作等身，但也算是学识渊博，见解深刻。他对素质教育的深刻认识，对教育史观的特点论述，对人才选拔的深入思考，堪称真知灼见。陈老师高尚的师德，坚实的专业知识，深厚的学养，足见是一个"外显有规，内涵有德"的仁者之师，值得我们每个教师终生效仿，身体力行。

教、学、做、研的楷模

从教三十多年，陈老师读书、教书、做管理、做研究。他研究的热情、投入的精力，所取得的成就无论是英语专业还是教育专业的，都得到一大批志同道合的朋友、专家学者的认可。正如在书中他自己所写："常常是学着、做着、思考着，并且常常在思考中深化着、完善着、升华着自己的实践和理论。"正是如此痴迷于教育教学的研究才产生高度敏锐的观察力和判断力，才能从层出不穷的新事物、新现象中分析、总结、提炼出新的学术思想和学术见解。这些品质正是令我们万分敬佩和不断学习的！

陈老师学风严谨，治学认真。对自己严格要求，一丝不苟。他认为，教师集专业学习、专业服务、专业研究于一身。对教师的成长非常重要，专业学习是前提，专业服务是关键，专业研究是条件。他与生俱来的那股韧劲儿全用在了教育教学领域的研究上。

细读书中他关于教育教学的著述，我们可以深切体会到：随着国家教育改革不断深入，他也不断地学习、不断地思考、不断地更新观念、不断地实践创新。正如郑板桥的两句诗所概括的一样："删繁就简三秋树，领异标新二月花。"

掩卷长思，感慨万分，这正是"江山代有才人出，各领风骚数百年"。陈老师在很多方面都是我们的楷模，一句话概括我的最大感触：在工作和学习上陈老师是我心中矗立的标杆！

追求幸福　践行幸福　开创幸福

王艳艳

读陈自鹏老师的《教师幸福追求之道》一书，一口气读近百页，令人不舍放下，陈老师的人生观、幸福观令人深思，我知道，要成为一名真正幸福的老师还任重而道远。

一、命运多舛，追寻幸福

因为政治原因从小父母离异，陈老师跟着爷爷和父亲长大。在"以阶级斗争为纲"的年代里，由于爷爷和父亲的政治背景，被划到了"可以教育好的子女"里面。划到这里面的人基本上是入了社会或政治的另册：不能入少先队，不能当红小兵，不能当班干部等等，甚至亲戚的孩子也会受到牵连。这种生活的艰辛、政治的歧视对一个人的打击大于生活的艰辛。如果不是恢复高考，陈老师还是在农村劳动，但陈老师靠着自己的刻苦努力自学成才，陆续获得了学士、硕士和博士的学历。他毕业时本可以留在城市，但却选择了到大山深处的天津铁厂工作，交通不便，生活闭塞，并且有很多离开大山的机会，但都放弃了，一干就是几十年，把自己的青春献给了大山深处的孩子们。陈老师自学的艰难和勇往直前的精神值得我敬佩，尽管生活有种种痛苦，但痛苦是可以升华和成就幸福，它使得我们更加努力追求幸福。

二、不惧路难，践行幸福

陈老师在书中说："人生如攀登险山，懦者却步、举足维艰，勇者无惧、披荆斩棘、步步都是胆。"陈老师从当教师、当班主任开始，做中学的教务处主任、校长，天津铁厂的教委主任，党委书记，可以说每一步都是一种挑战，都是一种攀登，每一步的攀登，都要付出艰辛的劳动，几十年来竟先后读了四个专业：科技英语翻译专业、英语语言文学专业、课程与教学论专业和中国教育史专业。陈老师虽然一直工作在太行山深处，但他的思想和眼界在不断地探索，他没有因为大山的闭塞而故步自封。他工作的几十年，就是奋斗的几十年，一刻不停地攀登，践行着自己的幸福。再想自己平时发过的牢骚：在学校每天像个上了弦的陀螺，钻研教材、备课、上课、改作业，每天头晕眼花，脚步踉跄，回到家又忙着照顾家庭，哪有什么快乐和幸福可言！此时，突然有种自惭和惊醒，到底是自己没有时间，还是自己没有对事业的热情付出。

三、细磨道术，开创幸福

陈老师提出在德智体综合评价的基础上，把对学校的评价扩展为德智体美劳卫的综合评价，同时，他把"三建"之中的队伍建设放在关键位置。积极组织开展教师理论学习、方法研讨、岗位实践等活动，通过给任务、定目标、搞竞赛、找课题、结对子、树榜样、走出去、请进来等方法，不断提高教师教育理论水平和实际工作能力；制订《教师培养方案》等十多个教育教学教研管理和奖励方案。在实践中，陈老师不断总结、提升管理理念，提出了学校管理的"中心论""阶段论""重点论""适合论"等。陈老师研究并提出学校管理的策略、模式和方法，指出，"学校管理是一种理性行为，根据学校管理活动的共性和个性规律，提出了10条管理策略，6种主要管理模式，多种学校管理方法。这一套学校管理理论，建立在科学研究和实践探索的基础上，运用于天铁教育的发展过程中，既具有理论价值，更具有实践意义。陈老师在教育道路上细磨道术，开创幸福。

卡耐基说过："除非喜欢自己所做的工作，否则永远无法成功。"读着陈老师的《教师幸福追求之道》，自己觉得必须要热爱这份工作，才有可能做好工作，好的工作是做出来的，爱之愈深，幸福愈浓。

学校管理之"中心论"

——陈自鹏老师教育管理思想解读

牛怀德

　　我和陈老师相识于1994年，那时我是天铁三中教务主任，陈老师是天铁二中副校长，1998年，陈老师任职教委副主任后才有了更多的接触和了解，在工作和生活中时常为陈老师的人格魅力所感动、学术魅力所折服，陈老师对我帮助最大的不仅是人文的关怀，更是专业的指导和思想的引领。同事们都惊诧于陈老师的学习力和意志力，无论做什么，都能做到踏石留印，抓铁有痕。我记得著名教育家魏书生给陈老师签名："自鹏：自强不息，鹏程万里"。名如其人，名副其实。他做学生，做到了博士；他做教师，做到了特级教师；他做管理，做到了教委主任；他做研究，做到了研究生导师；他做文学，以文学的语言诠释教育的故事，用了一年的时间100多篇近15万字的小说结集出版。样样工作都做到了极致，实属不易，令人有"仰之弥高　钻之弥坚"之感。陈老师30多年的学习、工作与研究，形成了教育管理、学科教学全面系统的教育理论和独特的教育思想，其中，英语教育百年变革研究填补了国内相关研究的空白。这些理论和思想不仅影响了我个人的成长和进步，更是推动了天铁教育的跨越发展，是天铁乃至全国教育领域宝贵的理论财富。陈老师教育思想内涵丰富，涵盖教育、教学和管理多个方面，下面仅就其管理思想的核心内容"中心论"，谈谈自己的理解。

陈老师的"中心论"认为，学校一切工作应以教学为中心，教学以课堂教学为中心，课堂教学以教和学为中心，教和学以学为中心，学以学生发展为中心，学生发展以幸福快乐为中心。

一、"中心论"明确了学校教育工作的重点——教学。教育从广义上是指"凡是增进人们的知识和技能，影响人们的思想品德的活动，都是教育"，教育从侠义来讲"主要指学校教育，其含义是教育者根据一定社会和阶级的要求，有目的、有计划、有组织地对受教育者的身心施加影响，把他们培养成为一定社会或阶级所需要的人的活动"，学校是教育和学习的主要场所，学校教学是指学校向学生传授知识技能，灌输思想和观点，培养习惯和行为等的总和。学校工作千头万绪，但重点是教学，一所学校教学管理工作的好坏，直接影响着学校多项工作的质量和学生的质量，往大处说，关乎国家兴旺和民族振兴，往小处讲，事关个人前程和家庭希望。因此，教学质量是学校的生命线，学校一定要抓住教学这一关键性工作，把它作为学校管理工作的中心。

二、"中心论"明确了教学组织的基本策略——课堂教学。教学活动总是通过一定的组织策略有条不紊进行的。教学组织策略是实现教学目的、完成教学任务的工具和手段，教学组织策略的产生和发展也有一个历史过程，教育史上曾先后出现过个别教学、课堂教学、设计教学、道尔顿制和现场教学等不同的组织策略，其中，影响最大的是课堂教学，课堂教学也叫班级授课制，是将学生将大致相同的年龄和知识程度编成班级，教师按照教学大纲规定的内容和固定的教学时间表进行教学的一种组织策略。班级教学最早萌芽于16世纪西欧一些国家的学校中，捷克教育家夸美纽斯在自己实践的基础上，于1632年发表了《大教学论》，为班级授课制奠定了理论基础，我国使用班级授课制始于1862年清政府在北京开设的京师同文馆，1902年清政府颁布了《钦定学堂章程》，宣布废科举兴学堂，班级授课制在我国开始普遍推广，成为我国教学的基本组织策略和实施学校中心工作的重要途径。

三、"中心论"突出了教育的主体——教师和学生。在教育史上，关于教师和学生在教育过程中的地位问题，曾经有过激烈的争论，并形成两大流派。以赫尔巴特为代表的"教师中心说"，认为"学生对教师必须保持一致被动的状态"，学生在教育过程中是一种完全消极被动地接受外来影响的客体，他们学什么，怎么学，都由教师来决定，与此相反，以卢梭和杜威为代表的流派，提出了"学生中心说"，他们把学生的发展看成是一种自然的过程，教师不能主宰他，而只能顺应他，在这里儿童变成了太阳，教育的一切措施围绕着他转动，儿童是中心，教育的一切活动围绕他组织。这两种流派的理论都有其合理的一面，但也都有其片面性，事实上，教师在教育过程中处于教育者、组织者和领导者的地位，这种地位决定了教师在教育过程中的主导作用，那么，在教育过程中，学生是受教育者，是教师教育和加工的对象，学生自然成为了教育过程的客体。在教育过程中，学生一方面是教育的客体，另一方面又是有思想、有意识的活生生的人，每个学生都有自己独特的个性和素质，他们又是认识活动的主人，他们在教育过程中的一切行为，他们能否接受教育以及接受教育的程度，都要受到自己意识的支配，学生对不同的教师、不同的教育内容，因个人基础兴趣不同，而具有不同的选择性和倾向性，并非教师教什么，他们就学什么，因此，学生既是教育的客体，又是学习的主体。正是陈老师所说的"课堂教学以教和学为中心，教和学以学为中心"。

四、"中心论"明确了教育的目的——全面发展、幸福快乐。教育目的即培养人的总目标，在历史上，因社会制度、民族文化传统、教育思想不同而异，古希腊雅典教育要求培养身心和谐发展的人，斯巴达教育要求培养骁勇善战的人，中国封建社会教育目的是培养社会所需要的士或君子，从而达到巩固封建统治的目的，如《学记》中明确把教育的目的概括为"建国君民，教学为先""化民成俗，其必由学"。社会主义社会需要培养肩负国家建设的各种人才，1982年《中华人民共和国宪法》46条规定：国家培养青年、少年、儿童在品德、智力、体质等方面全面发展。党的十八大指出："坚持教育为社会主义现代化建设服务、为人民服务，把立德树人作为教育的根本任务，全面实施素质教育，培养德智体美全面发展的社会主义建设者和接班人，努力办好人民满意的教育。"以上所述的教育目的更多体现了社会本位，著名教育家朱永新认为：教育应为人生幸福奠基。陈老师的"全面发展、幸福快乐"不仅体现了教育目的的社会本位，也体现了教育目的的个体本位，是二者的完美结合，是在传统教育目的理论上的继承、发展和创新。这与最新提出的培养学生核心素养的目标相一致。2016年9月13日，中国学生发展核心素养研究成果发布会，提出中国学生发展核心素养，以"全面发展的人"为核心，主要是指学生应具备的适应终身发展和社会发展需要的必备品格和关键能力，中国教育学会第29次年会微论坛的主题确定为"寻找核心素养落地的力量—聚焦课堂教学"，这些无不与陈老师学校管理的"中心论"异曲同工。

（本文原载《天津教育》）

研究意识与职业幸福

——解读陈自鹏老师的教研思想

陈海申

2012年岁末，中央电视台推出了"你幸福吗？"大型调查活动引发了民众和舆论的热议，自此"幸福"成了社会和网络的热词。那么什么是幸福，什么是幸福感？翻开《现代汉语词典》我们得知，幸福是指使人心情舒畅的境遇和生活。幸福感是一种心理体验，它既是对生活的客观条件和所处状态的一种事实判断，又是对生活的主观意义和满足程度的一种价值判断，它表现为在生活满意度基础上产生的一种积极心理体验。那么教师的幸福感体现在哪里？怎样引导教师走向幸福之道？最近拜读了陈自鹏老师的专著——《教师幸福追求之道》，它给我们做出了完美的回答。

在陈自鹏老师的影响下，在天铁这片教育热土上，"学、做、研的统一是教师专业成长和幸福体验的基本途径"，已经成为广大教师和教育工作者的共识。陈自鹏老师说，能不能在学和做的基础上进行科学研究是一般教师和优秀教师的分水岭，我赞成这个观点。陈老师很早就注意到了这道工序，因此，一直一边学习一边思考，一边教书一边研究，一边管理一边探索，积累了很多宝贵经验，在各类报纸、杂志上发表了400余篇文章，出版发行了十多部著作，今天的《教师幸福追求之道》就是其中结晶之一。教育教学研究给教师带来的成就感和幸福感，带来的"巅峰体验"是其他工作和职业所无法比拟的。

教师专业成长研究的范围很广泛，然而，四个方面的问题研究是必不可少的，即重点问题、热点问题、难点问题和疑点问题。研究重点问题可以提纲挈领，把握规律，解决主要矛盾。研究热点问题可以把握契机，与时俱进，加快教师成长速度。研究难点问题可以弥补教育教学中的短板，夯实教师专业成长的底蕴。研究疑点问题可以扫清教师专业成长道路上的障碍，为教育教学的发展打开一扇天窗，开垦一片绿洲，让教育教学"柳暗花明又一村"。

树立研究意识，首先体现在教师所学专业的学科领域。

"自助者，上帝助之"，做学生，陈自鹏老师精益求情，涉猎广泛，他拥有两万余个英语词汇量，入选天津市高级外语人才储备库。扎实的学科知识，过硬的文化素养，深厚的人文底蕴，使他研究学科问题得心应手。研究学科问题他不仅重视"道"的研究，同时也重视"术"的探索。比如，在2002年出版的《高考英语作文六步法及训练》一书中，他提出了仔细审题、清理要点、译写单句、连词成篇、检查润色、定稿誊写高考英语作文"六步法"，对提高学生高考英语作文成绩奠定了扎实基础。在2003年出版的《老师帮你记单词》专著中，他提炼总结出了40余种英语单词记忆方法，为学生高效记忆单词提供了帮助。在2006年出版的《老师帮你学语法》专著中，创立了情景英语的教与学模式，使抽象烦躁的语法学习变得简单有趣多了。在2012年出版的《中国中小学英语课程教材教法百年变革研究》中，作者较为全面地研究了1902—2001年百年间中国中小学英语课程教材教法变革情况，对中小学英语课程教材教法变革中存在的矛盾和问题提出了解决的对策，并对课程教材教法未来的改革及发展趋势做出了展望，这一巨著确立了他在中国中小学英语课程教材教法研究领域的领先地位。大道至简，陈老师把英语语言规律和教学规律简化为"一二三四五六七八"36点，即明确一个目的，发挥两个作用，关注三个路子，培养四个意识，掌握五个技巧，突破六个关口，做实七个环节，理清八个关系。这是对英语语言规律和教学规律高度全面化概括化的归纳，在英语学界产生了广泛的共鸣。

树立研究意识，其次体现在教师教育教学实践中。

陈自鹏老师是传播教师幸福之道的使者。他做教师，享受教育，不知疲倦，即便后来任职各级领导，也始终没有离开过教育教学一线岗位。因此他洞悉教育教学方方面面的利弊得失，这为他研究教育教学中的诸问题提供了素材奠定了基础。

目前，天铁教委各学校都在实施高效教学，并取得了良好的效果。这得益于陈自鹏老师早期对"构建教学整体优化体系"的研究，他在潜心研究分析国内外有关构建教学整体优化体系情况以后，提出了优化教学思想、优化教学环境、优化教学目标等"教学整体优化体系十要素理论"。并对十个要素在系统中的地位、作用与优化对策进行深入探讨，最后生成了《天津铁厂教学整体优化方案》，成为天津铁厂教委教育教学纲领性的指导文件。他的研究成果对天铁区域教学整体优化、提高教学效率、提升教学质量起到了至关重要的作用。

树立研究意识，还体现在教育教学管理上。

陈老师是一位完美主义的追求者，他做管理，每个角色都异常出彩，使得天铁这个远离繁华都市的区域教育声名远扬。通过他对实施素质教育，办人民满意教育的研究，我们足可以看出他的睿智和境界。

1999年6月，中共中央、国务院作出了《关于深化教育改革，全面推进素质教育的决定》。在这之前很早的时候，他就有多篇有关素质教育的文章比如《素质教育呼唤正确的教学思想》《国民素质教育要从小事做起》等见诸报端。针对人们的不适、不安甚至不解，他高瞻远瞩，奋笔疾书，大胆提出了坚持素质教育领先应该处理好传统教育观与现代教育观的关系、学校教育与家庭教育、社会教育的关系等十个方面的关系。"十大关系"的论述为天铁学校全面推进素质教育指明了方向，助推了天铁各学校素质教育的健康发展。

他说办教育，就要办人民需要的教育，办人民满意的教育。近年来，天铁教育的"幸福指数"不断提高：学前入园率保持100%；小学适龄儿童入学率、保持率100%，并全部实现就近入学，教育均衡、优质发展；中考毕业合格率100%，平均分超天津市平均成绩80.82分；高考一本上线率40%以上，二本上线率80%以上，众多学子考入国内知名高校；冶金分院外语四级考试通过率位居天津市同类高校第一名……

　　苏联著名教育家苏霍姆林斯基有句名言："如果你想让教师的劳动给教师带来乐趣，使天天上课不至于变成单调乏味的义务，那你就应当引导每一位教师走到研究这条幸福的道路上来。"陈自鹏先生就是这么一位"引导每一位教师走到研究这条幸福的道路上来"的幸福使者。

　　陈老师的教育思想、管理思想博大精深，陆才如海，潘才如江，我辈愿执鞭随镫，丹漆随梦。

（本文原载《天津教育》）

"愚公移山"，开创教师幸福之路

——《教师幸福追求之道》读后感

张玲

哈佛大学有位教授曾经说过："中国人自己都不知道的一个民族特征，让他们屹立至今。如果你去读一下中国神话，你会觉得他们的故事很不可思议，抛开故事情节，找到神话里表现的文化核心，你就会发现，只有两个字：抗争！假如有一座山挡在你的门前，你是选择搬家还是挖隧道？显而易见，搬家是最好的选择。然而在中国的故事里，他们却把山搬开了！"毫无疑问，这位教授说到的就是中国神话故事"愚公移山"。陈自鹏老师这本《教师幸福追求之道》开篇也写道，《愚公移山》唤醒他对"沸腾的群山"的憧憬，读完这本书，我更深刻地体会到"愚公移山"的精神更是支撑着陈老师开创了教师的幸福之路。

一、明知不可为而为之，不懈追寻幸福的梦想之路

"抗争"的确是"愚公移山"精神中的一个特质，明知不可为而为之，影响和感动着无数代中华子孙。陈自鹏老师身上就有着鲜明的抗争特质，在读本书第一章节时，我印象最深的，也是反复在这一部分出现的句子就是："我不服输。"尽管命运多舛，"我"自扶摇直上，这种不服输的气度，抗争的意志真是能量超群。由于历史原因，陈老师先后两次"被"辍学，

但他就是凭借卓绝的自学能力，先后攻读了大专、本科、硕士和博士，从科技英语翻译专业、英语语言文学专业、课程与教学论专业，一直读到中国教育史专业，从群山的沟沟坎坎里，一直读到中国教师的最高学府北京师范大学，并拜于教育史学界泰斗的门下，在对其称羡之余，更是叹服于他不绝的毅力和不懈的决心。

人生不如意十之八九，但是陈老师却没有在生活的大浪淘沙中自怨自艾，而是视之为砥砺自己前行的契机。在魏书生老师为这本书写的序中，有这样的一段内容：母爱没有了，幸亏还有父爱，于是加倍珍惜；爷爷走了，幸亏还有爷爷交给他的那些诗书古训，于是加倍努力继承；被迫辍学了，幸亏自己还有书籍课本，于是更加勤奋的自学……是啊，我们有多少人曾误会，抗争只是出于对已有生活的不满，而忘记了，真正有能量的抗争是对已有生活的珍惜和感恩，从已有生活中汲取幸福的动力和力量，并把已有生活中的幸福点滴发扬光大。"愚公移山"中愚公也只是把那座山搬走，而不是彻底否定已有的生活状态啊！

二、强学而力行，不断践行幸福的实干之路

虽"方七百里，高万仞"，但是愚公没有豪言壮志，也没有衔恨埋怨，而只是带领子孙一簸箕一簸箕干着。陈老师的教育事业也是一步一步实干出来的。读完这本书，你会惊叹于陈老师到底读了多少书！和许多名师名家一样，读书成为了陈老师自身给养的重要来源，他在书中写道："几十年来我放弃了节假日、休息天，一头扎进了书海，如饥似渴，手不释卷，竟然先后读了四个专业——科技英语翻译专业、英语语言文学专业、课程与教学论专业和中国教育史专业，我庆幸自己不仅入了'术'的门，也多少对教育的发生发展有了些许的悟道。读书几十年来，我苦中有乐，乐中有得，无怨无悔。"我们现在经常抱怨自己没有读书的时间，我也常为此苦恼。但此次读陈老师的这本书，再看看假期不断刷新旅游景点和各种美食的朋友圈，我突然有种自惭和惊醒，到底是自己真的没有时间，还是自己终没有对热爱的事业无怨无悔的付出。

陈老师丰富的读书经验和强大的学习能力是足以让人自省的。更令人佩服的是他把书中所悟、书中所得、书中所获在实干中践行，艺术地与自己的事业相结合，把自己的事业引向一条高效、科学、模范之路，例如，他在当英语教师时研究的教学"技巧十点"，当校长后提出的激发师生积极性的"五子"工程，学校管理的"五三四"模式，以及校长的各种领导艺术等等。

三、深思精研而行道，不忘坚持幸福的开创之路

"愚公移山，聚室而谋"，愚公和子孙们经过讨论思考得其方法，子孙相袭坚持不懈，方能感动上天，移走大山。从"读万卷书"，到"行千般道"，这之间是需要桥梁的，那就是深思精研。在陈老师几十年的学习、工作中，他常常是学着、做着，并且在思考中深化、完善，升华自己的实践和理论。他说："最有意思的是，对实践和理论的思考常常让我着迷，让我沉醉，让我茅塞顿开，让我欣喜若狂。"所以，我们才能在书中读到他对"应试弊乱""教育史观""人才识辨""人性观瞻"等多方面学术和专业问题的独特思考和研究，从中我们可以领悟到要想把教育教学做好，不仅熟悉所教学科的知识和技能，还要对历史学、教育学、心理学等有一定的学习和认知。陈老师在书中说到教师的专业素养时提出教师要"坐下能写"，他还谈到把自己思考的、研究的写下来是教师走向幸福之路的法宝，这既可以及时总结反思，让自己的工作更有效率，更有方法，减轻工作的负担和压力，更可以将自己的所思所得提炼、总结、升华，成为可以与同仁们共进切磋，互有裨益的宝贵经验，这既是教师专业素养的成长，也是研究的快乐和幸福。

"愚公移山"这一中国神话故事，我们每个人都熟悉，但其精神，我们又体会践行了多少？读着陈自鹏老师的教师幸福追求的故事，我却惊喜地看到了中国文化中的"愚公移山"精神在当代社会的显现，心中便涌动起对中国文化的无限自豪之情。当我们艳羡国外的种种风光时，我们不妨回首望去，在悠远的历史长河中，我们早已有许多让世界羡慕的文化内核

和精神，正如开篇哈佛教授所讲，那些正是我们自己都不知道的宝贵的民族特征。感谢陈老师的这本书，令我看到的不止是"教师幸福追求之道"。

责任与初心

——《教师幸福追求之道》读后感

刘双从

　　在平凡中追求伟大，在平静中保持热情，在平常中坚守责任。这就是我读陈自鹏老师《教师幸福追求之道》的感悟。它同时也是教师和教育工作者理想信念、工作态度、责任担当的精髓之所在，也是对广大教师和教育工作者品德修养、精神风范、情操境界的内在要求。作为教师，我们从事着太阳底下最光辉的职业，所以我们更需要用"三平"精神作指南，让它成为我们前行的动力，引领我们前进的方向！

　　在平凡中放歌。陈自鹏老师的出身很平凡，从事的工作也很普通，但他却在这平凡之中，创造了不平凡的人生，书写了普通人的辉煌。教师的人生本来就是平凡的，教学工作也是普通的，有人也许会说，日复一日、年复一年的重复的教学工作很单调，很难有新意，但我们从陈自鹏老师的《教师幸福追求之道》不难看出，这样理解其实是不对的，做教师重要的就是让自己的才华在教书育人中得到最大限度的发挥，使自己的人生更有价值。陈自鹏老师用骄人的事实告诉我们：世上没有平凡的工作，只有甘于平凡的人。平凡是做人的态度，但平凡并不等于平庸，平凡之中蕴藏着伟大。看着在知识的海洋中畅游、在循循善诱中快乐成长、在社会的舞台上宏图大展的学生，这样的人生即使平凡，那也是平凡之中的精彩！也是在平凡之中放歌！我们常常说教育是要沉下心来，耐得住寂寞，坚守住清贫，不忘初心，点亮爱的心灯，用朴实无华的责任担当实现"桃李不言，下自成蹊。"现在读《教师幸福追求之道》我又从中感受到了这句话的力量。多年以来，我就是用这句话时刻在鞭策着自己，在平凡的教学岗位上，用自己不懈的努力和付出成就每位学生精彩的人生。作为教师，我们有幸陪学生们一起，走过他们生命中最亮丽的青春季节。我们愿意记住他们每一张灿烂如花的笑脸和每一个阳光遍地、书声琅琅的早晨。教学中，我们一定会倾其所有，以最优秀的教学质量、最无私的投入、最真挚的情感和学生们风雨同舟，荣辱与共。只要学生们有所收获，我们就是欣慰的；只要学生们有所进步，我们就是幸福的。我们在平凡的教师岗位上书写着自己的平凡而又多彩的人生，回顾走过的每一个踏实的脚印，让我们倍感自豪的是来自社会、学校、家长的肯定和鼓励；而让我们由衷地体会到幸福一词含义的，则是在这路上我们牵过的一双双稚嫩的手，一张张向我们扬起的花朵般的笑脸。在教坛中求索，体味幸福人生，让我们更加珍惜教师这一平凡而神圣的职业。

在平静中耕耘。在平静中用激情让生命怒放，是陈自鹏老师的不懈追求。在他从事教师和教育工作的生涯中，他不求自己的生命壮丽，却几十年如一日执着地用画笔描绘着他所热爱的教育事业。对教育教学工作不知疲倦的探索和研究是他工作和生活幸福快乐的源泉。正如他在书中写的"几十年他放弃了节假日、休息天，一头扎进书海，如饥似渴，手不释卷，"正是对教育事业的挚爱才让他有了永不枯竭力量源泉。我相信只要我们心中有爱——热爱教育事业，关爱学生，那就没有不能改变的学生，也没有搞不好的教学。作为教师的我们，都应该信奉一个"爱"字，为了这个爱，我们为学生忙忙碌碌、我们为教学工作努力耕耘。我们要像陈自鹏老师一样用润物无声的爱为人类的精神世界拓荒，助推学生的生命成长。我们要像他一样把内心勃发的工作热情同脚踏实地的工作作风紧密地结合起来，满怀激情而又认真扎实地做好每一件事情，在平静中耕耘，在平静中憧憬明天，在平静中激情常在。

　　在平常中责任担当。《教师幸福追求之道》这本书还让我认识到个人的学识才情很重要，但责任担当更重要。教书和育人应该两不相误。责任担当搭起了一座坚实的桥梁，一头连接着奉献，一头连接着牺牲。古人云："师者，所以传道授业解惑也"，在精神和物质都高度发达的今天，教师的责任远远不止这些。从我们接触学生的第一天起，教师就要担当起了为人师、为人友、为人母、为人父等多重角色。不辞辛劳，呕心沥血、辛勤挥洒智慧的甘霖、启蒙着混沌的种子。我们诲人不倦，循循善诱，甘为人梯，让学生个性张扬、激情勃发。我们用"天生我才必有用"激起了多少学生心中的斗志；我们用"长风破浪会有时"扬起多少学生心中理想的风帆。凭着这份责任担当，我们用勤劳而智慧的双手去擦亮学生渴求知识的目光。校园是一块芳草地，用责任担当立于其上，教师的人生就会桃李芬芳。

　　《教师幸福追求之道》使我深深体会到，在平凡中追求伟大，在平静中保持热情，在平常中坚守责任是我们所有做教师的人应该有的境界，为了这种境界，我们要付出毕生去追求！耐住寂寞，守住清贫；居一方圣地，尽教师之职；立三尺讲台，携两袖清风！为了学生和自己的人生理想，我会坚守责任，不忘初心，点亮自己爱的心灯，向着目标奋然前行！

职业生涯中最好的遇见

成凤先

　　《教师幸福追求之道》是一本详细记录一名特级教师成长历程及其独特教育思想与教育管理方法的教育叙事集。本书的作者陈自鹏老师是一位特级英语教师，也是现任河东区天铁教育中心的主任。作为曾经的一线教师，如今的教育管理者，他都始终不忘教育初心，为天铁的教育事业呕心沥血、不辞辛苦。拜读此书，我深切地体会到陈老师坚韧不拔的毅力与对教育事业的无悔追求，感动于他无论遇到何种困难都从不言弃的坚定信念。他勤勉的精神值得我们每一位教育工作者学习。

　　"教师是否幸福，于职业则是一种态度、一种精神、一种义务、一种责任。"这是陈老师对教师幸福的最高定义。本书清晰地梳理了陈老师成长的轨迹，详细地总结了他诸多教育思想与教育管理方法，面对新问题、新形势，他始终有自己独到的见解。把复杂的问题简单化，把棘手的事情制度化，大道至简，教育与智慧及艺术并驾齐驱是他的教育及管理风格。从这个角度上来看，此书是一本不可多得的教育专著，字里行间中洋溢着陈老师作为教师及管理者的幸福感悟，值得广大教师学习和借鉴。

　　同时，《教师幸福追求之道》这本书是陈老师成长历程及教育教学管理理念和方法的分享。本书以幸福为主线，以教育叙事的自传体方法，生动、完整地记述了陈老师的专业成长历程和事业成功之路。书中共分五个章节，每个章节的题目均是七字押韵诗体，章章都传递着他作为教师及管理者的幸福之道，本书结构布局可谓匠心独运：

学业多舛志益坚——读书幸福之道

育人不惧山路弯——工作幸福之道

行中有思景象千——思考幸福之道

深研细磨道术间——研究幸福之道

传播交流视野宽——传播幸福之道

通过拜读陈老师的这本书，我深深体会陈老师成功背后的伟大：

求学路上，他勤勉奋进，博学睿智；

教育领域，他善思勇创，见解独到；

管理模式，他理念新颖，方法科学。

书中给我印象最深刻的是，陈老师多次提到教师的专业成长，这也是他经常在各种会议及讲座中跟教师们分享的一个课题。首先，他提到教师的专业成长要坚持四学，即向书本学习、向实践学习、向他人学习、向问题学习。首先，向书本学习是教师专业学习的主要渠道之一；其次，向实践学习主要是学经验，在实践中善于思考与总结，实做、精做加巧做，对工作精益求精；最后，善于向他人和问题学习，避免故步自封，以开放的心态与发展的眼光对待身边的人和事，不逃避问题，不惧怕改变，在实践中思考，在实践中研究。在教师专业成长的路上，始终坚持学、做、研，就会大幅度提升教师自身成长的速度，提升教师自身的成就感与幸福感。这是陈老师对教师专业成长途径的精确概括，也是他成为教育专家的成功秘诀。

同时，书中除了教育专著的学术性，还传递着一份浓浓的情感，那便是他对天铁浓浓的爱、对教育深深的情，我想这便是他成功的大智慧，也是他幸福之道的不竭源泉！

读此书我们会不禁被陈老师博大的教育思想与智慧的管理艺术所深深吸引！书中关于教育教学、教学研究、班级管理以及教育管理等诸多方面的真知灼见，值得我们反复品读并细细体会，本书具有很强的可读性和指导性。读陈老师的书，宛如面对面聆听他讲述其成长、教育及管理艺术的独到见解，语言生动且饱含智慧，使人不禁与作者产生共鸣：做教师的确是一种幸福，做教育亦是一种享受。他的文字深刻而睿智、理性而富有情感，儒雅的气质、极具感染力的表达，字里行间中都闪烁着他作为教育者与管理者的智慧与幸福。

教育是一首心灵曼舞的诗，韵味深长，婉转清雅，而陈老师的这本教育专著，恰恰像是对教育这首诗的诠释与升华，带着我们追随其成长轨迹，领略其璀璨教育智慧与思想的积淀。总之，读此书你会体会到教育专家不一样的教育情怀，你会学得智慧，获得信念，亦会有意想不到的成长感悟，还会惊喜发现作为教育者的独特幸福源泉。简而言之，作者对教师幸福的追求和感悟，值得广大中小学教师和师范院校学生学习和借鉴。本书可以给教育路上的教师以专家级的引领，其中的教育思想和教育方法亦会给读者带来醍醐灌顶般的思想启迪。如果你和我一样充满了对教育的追求与热爱，抑或你正处于事业的低迷与倦怠中，请翻开这本书吧，它将是你教育路上最好的遇见！

自强不息恒努力　腹有诗书气自华

——读《教师幸福追求之道》有感

苗宏娟

日前有幸拜读了陈自鹏老师的《教师幸福追求之道》这本书，拿起来便不愿再放下，一口气读完，只觉得酣畅淋漓、意犹未尽。合上书卷，仔细回味，我依旧能感受到那字里行间流淌出的幸福和愉悦。

其实，陈自鹏老师童年坎坷，求学艰辛，经历曲折，在外人看来，这根本就是苦难史。但他却没有去埋怨社会的不公，也没有向现实低头，而是以积极乐观的心态，努力奋斗，自强不息，并且取得了累累硕果，收获了满满幸福。

是什么促进了陈老师的成长，激励着他不断进取，取得了今天的成就？通观这本《教师幸福追求之道》，我有了很多感悟。

感悟一：安贫乐道。

安贫乐道，本意是指为了自己信仰或理想的实现，宁愿处于贫困恶劣环境中。当然，在现代社会，乐道已经无须安贫。但在那个人才极其匮乏的年代，陈老师心怀对太行山的憧憬，主动请缨，毅然决然地踏上涉县这方贫瘠的热土，面对外面世界不断抛来的橄榄枝，不为所动，执着地坚持着自己的理想和信念，一干就是三十七年，在我看来，他是当得起这句话的。

现代社会物欲横流，人心浮躁，面对金钱、物质的诱惑，再加上网络社交、娱乐媒体的冲击，越来越多的人失去了耐心和初心。一切向钱看，急功近利，朝秦暮楚，梦想着一夜成名，一夜暴富，还有几个人会为理想和信念坚持？安贫乐道，不正是当今社会所欠缺的吗？

守得苦寒来，自有梅花开。只要肯踏踏实实地做学问、干工作，总有一天你的付出会得到回报。陈老师今日所取得的成就，就是明证。

感悟二：心有感恩。

纵览《教师幸福追求之道》一书，其中记录了陈老师的很多成长细节，也记录了很多人。乍一看，觉得陈老师很幸运，羡慕他生命中有那么多的贵人相助。细读之下才发现，他生命中的那些贵人，似乎我们身边都曾经存在过。

陈老师的幸运，在于他用一颗包容、感恩的心，去看待周围的人，发现他们的优点、长处来激励、鼓舞自己。书中记录了一件事：作者1984年到天津参加英语听说课程的考试，往返一次路程要上千公里。在为自己鸣不平的时候，他见到了一位残疾姑娘，自己摇着轮椅赶了十几里路来参加考试，在汗颜的同时，作者还记住了姑娘的名字——赵永琢。姑娘那种不向命运低头、乐观对待人生的精神，深远地影响了作者。难道我们没有见过这样的人吗？只是我们没有触动、没有感悟。

其实和作者一样，我们身边从来都不缺乏优秀的人，只是我们没有去怀着一颗感恩的心去对待。陈老师的感恩之心，让他发现了生命不幸中的幸运。母爱没有了，还有父爱，加倍珍惜。爷爷走了，还有他留下的宝贵的精神财富，努力继承。被迫辍学，幸好还有书本，赶紧学习。"文革"斗争，老师都是下放的知青，机会难得，好好请教。

学会感恩，就很容易对周围的一切感到满足和幸运。这位同学的学习方法很特殊，很高效，我偷偷地学来，很幸运。那位老师是位大家，机会太难得，能跟他学习，很有幸。领导很苛刻，要求非常严格，我在他那里提高很快，很满足。感恩，让我们提高、让我们成长、让我们感到生活幸福。

感悟三：自强不息。

看陈老师的成长历程：自幼失去母爱，10岁爷爷病逝，11岁、15岁两次因出身不好被迫退学，中考遇到"文革"。如此艰辛的磨难，对我们大多数人来讲，都是不可想象的。但他没有被磨难所击倒，而是顽强拼搏，自强不息，走出了一条与众不同的成长之路。磨难并不可怕，可怕是失去了跟磨难斗争的勇气，失去了对自己未来的信心。这也是陈老师给我们最好的启发。

陈老师1980年来天铁工作，1985年专科毕业，1988年本科毕业。1994年获得天津市教研教改成果奖和国家改革建议奖。1997年，38岁的他入天津师范大学读硕士研究生。2005年入北京师范大学读博士。这些成绩的取得，源自陈老师对学问、对事业的孜孜追求。他用心学习、交流，真正把教学、教育事业当成自己的责任和使命。经过坚持不懈的努力，学问上积沙成塔，事业上鹏程万里，做学生、做教师、做管理，每个角色都异常出彩。

社会高速发展的今天，任何行业都在发生翻天覆地的变化，教育行业自然概莫能外。生而有涯，学而无涯。我们也必须像陈老师一样，不断地学习、探索、交流，充实自己，提高自己。

走在追求幸福的路上

——《教师幸福追求之道》读后感

曹甘

　　什么是幸福？有人说幸福是一种心态，有人说幸福是一种感觉，有人说幸福是一种想法，不同的人对幸福有着不同的理解。我对幸福一词没有太多的思考，直到读完陈自鹏老师的新作《教师幸福追求之道》，我才突然意识到原来教师的幸福竟然关乎自身的价值和学生的未来。正如陈老师所言"一个做教师的人自身都不幸福，又怎能让自己的学生幸福呢？"是的，谁不希望自己幸福呢？只是"人生不如意事，十之八九"，纵使苦苦追求，幸福也未必可得。特别是作为一名普通教师，如何才能获得自己的幸福呢？陈自鹏老师在其新作中，以感人胸怀、启人心智的生动事例，从自己生于忧患开始，分学、做、管、研、传五个方面与我们分享了他矢志不移、自强不息追求幸福的心路历程。他把自己的幸福建立在学习、育人、思考、研究和交流所付出的努力与取得的成就上，建立在所教学生的成长与进步上，建立在引领周围师生沿着正确的方向共同追求幸福上。他娓娓道来，亦庄亦谐；不忘初心，砥砺前行，一直走在追求幸福的路上……

　　我感佩陈老师的"学"。他幼失母爱，后遇家困，两度被迫辍学，却能在忧患中看到光明、困顿中看到希望，在刚刚懂事的时候就立下宏愿：

"将来长大了，一定也要做个教师，做个校长！"从此，他便踏上了重回校园、勤奋苦读、攻坚克难、炳照向前的求学之路，一步步从小学读到大学、从中专毕业生到攻读下博士学位、从英语专业读到课程与教学论再到中国教育史专业，期间先后把张海迪和80岁才通过自学考试取得文学学士的石一新老先生作为自己的榜样，认定目标，一路前行，每进一步便多感受一份幸福。

我感佩陈老师的"做"。他从21岁投身太行山深处的天津铁厂开始，先后做过小学、初中和高中英语教师直至特级教师和大学教授，三尺讲台上，他勤奋耕耘、不断创新、教学相长、为人师表，他为自己提出"做专家型教师"的目标，并在追求和实现这一目标的过程中不断经历挫折和成功、体验艰辛和幸福。他面向全体，寓教于爱，使问题生、困难生和优秀生一样都能得到充分发展。正如他常说"育人不怕山路弯"，虽历经千回百转，终赢得桃李满园，这是甜美的果实，每一颗都能令教师品味到育人的幸福。

我感佩陈老师的"管"，没有先进的管理便没有成功的教育。陈老师从24岁担任"班主任"开始，就逐渐体会和认识到班主任是学校最能锻炼人，也是与学生接触最多的岗位，这一工作联系着家庭、学校和社会，需要投入极大的耐心和精力。在这一岗位上陈老师教育学生要"止于至善"，要"全面发展"，从而快乐做人，幸福长远。在这一岗位上他创新管理招法，提高管理水平，先后从班主任、教务主任、校长一直做到教委主任，管理的人数虽然越来越多，但因为不忘初心"做一名好校长"，处处体现着"理性与人性"，时时反映着"以人为本"，因此，管理便成了促进师生良好习惯的养成，在这一过程中管理与被管理者便能够和谐相处，也能够共享"和谐自律"的幸福。

我感佩陈老师的"研"。几十年来，他"深研细磨道术间"，集专业学习、专业服务和专业研究于一身，脚踏实地，深入教育一线，不断发现和解决实践中出现的各种问题。他针对应试弊乱，深入学习和研究教育发展史、英语教育史、素质教育和教育管理等相关理论，先后提出"十优理念"

和英语词汇、语法及写作教学的理论观点并出版了相关著作。虽然他工作在深山，他的教科研活动及成果却对天津市乃至全国的英语教育都产生了积极的影响，所出版的一本本著作都见证了"研"为他带来的幸福。

我也感佩陈老师的"传"。陈老师著作颇丰，堪称大家。他重视传播先进的教育教学理念，认为"把自己的想法、做法和说法传播出去，与大家探讨，与大家分享是一件有意义的事情、快乐的事情和幸福的事情"。他多次被邀请到北京、天津、河北、山东等地的高校和教育科研机构做学术交流，既传播了先进的理论又开阔了视野，用实际行动诠释了"教师的幸福追求之道"。

教师如何追求幸福？陈老师给我们的启示是常怀感恩之心、常怀自强之心、常怀奉献之心，在学习、育人、管理、研究和交流的过程中通过不断取得进步来获得。有人说，人生如同一次长途旅行，让我们踏上旅途，与陈老师相约一同走在追求幸福的路上。

做一个幸福的教师

——《教师幸福追求之道》读后感

何爱平

 幸福是人生的主题，只有感到幸福的人其人生才是快乐和阳光的，追求幸福是每个人的毕生所求所愿。世界上每一个人都想自己有所成就，每天都在寻求幸福的人生。但是，并非人人都能在追求中得到幸福。原因是对幸福缺乏认识、感悟和理解。

 最近一段时间我读陈自鹏老师写的《教师幸福追求之道》一书，每捧起此书，感觉奇妙。初读时幸福平静，感觉到心灵的平静与灵魂的提升，越往下读心头越有沉甸甸的感觉，且挥之不去，不由思索，什么是教育？什么是幸福教师？沉甸之外，感觉头脑中一片绿地铺展开去，绵延无尽，似乎觉得答案也在脑中愈发清晰。

 透过两千五百年的风雨岁月，审视我们今天的教育，在我看来，现在的教育也曾强调"以人为本"。读完此书，才知自己思想多么浅薄，大谈"以人为本"的时候并不明了什么是人之"本"，怎样去"以人为本"。是啊，曾经提出的"学生参与度高、时间利用率高、目标达成率高"的课堂三维目标，对人生命质量的提高、对灵魂幸福指数的帮助能有多少？只不过是把知识的掌握、能力的提高，通过一种近于反复训练的方式做了一种规范和评价范式，直接效果自然是提高成绩服务于考试。

　　我从事教育工作已经25个年头了，一直以来我在思考学校的发展和学生的健康发展靠什么？成绩，显然不是全部；不是成绩，显然也不对，因为成绩是敲门砖，没有优异的成绩就不能提升人生的生存起点。读完这本书大大提高了我对自身工作认识，颇受启发。

　　学校教育与家庭教育既要关注学生的成绩也要关注学生综合素质能力的提升。直奔成绩弱化学生综合素质能力的提升是片面的，不谈成绩说是素质教育也是片面的。素质教育的要义就是要关注生命健康、关注生命快乐、关注生命幸福、关注生命习惯、关注学生一生发展的教育！

　　我认为，教师职业幸福感最重要的源泉是学生的成功和他们的真情回报，影响教师职业幸福感的许多不利因素都可以从学生对教师的尊重、理解、感激中得到弥补。但要让学生感恩你，你就必须学会感恩学生、呵护学生、尊重学生，真正做到这点并不容易，但如果你只知道权威，那也许你会离幸福更远。学生健康成长，老师、家长是引路人，"一个人能走多远要看和谁一起走"，老师与家长对学生的成长来讲期望方向永远是一致的，所以家校教育应该和谐，只有和谐才能共振，只有共振才能有最大可能的生成。

做一个有智慧的教师

——读陈自鹏老师《教师幸福追求之道》有感

谢令钦

歌德曾经说过:"读一本好书,就是和许多高尚的人谈话。"书对于我而言,就好比饭菜,是生活中不可或缺的一部分,若能读到一本好书,那便是最好的享受了。最近读了陈自鹏老师的《教师幸福追求之道》一书,感触颇深,从陈老师身上,我看到了一个普通老师的智慧人生,儿时的苦难不仅没有摧毁他,反倒成了陈老师奋发向上的动力,从一个山区教师到教务主任、校长、教育委员会主任;从一个师范生到专科、本科、硕士生直至博士生,我从陈老师的传奇人生中看到了一个智者对人生的态度。

讲求方法　精益求精

无论是做学生、做教师、还是做管理者,即便是滑冰、抓鱼、淘气玩耍,陈老师都非常善于观察、找到合适的方法。从学生学习的方法、读书的方法、思考的方法、应用的方法,到思想教育的方法——"动之以情、晓之以理、导之以行、励之以利、激之以名";再到学校管理中的方法——"首尾相顾、教育结合、远近相兼、大小抓好、内外相连、严宽有度、庄谐相济、实虚并行、收放自如、奖罚适宜";以至"搭台子、立梯子、抬轿子、竖牌子、吹号子"的"五子"工程;对我们的学习和工作都不无启发。也正是因为陈老师实行的这些管理方法,使得天铁的学生走出

了大山，走向了清华、北大、南京大学等名校；使得天铁的教师专业发展
走向成熟；使得天铁的教育走向了辉煌。

善于思考　研精悟道

亚里士多德说过："人生最终的价值在于觉醒和思考的能力。"孔子曰：
"学而不思则罔。"正如陈老师书中所讲："读书要认真思考，没有自己的思
考、自己的感悟、自己的梳理、自己的提炼、自己的升华，只能是人云亦
云，鹦鹉学舌，思想没有长进，学问难有增长。"讲出了读书之道。上师
范学英语，自己底子差，却很快由一名差生转变成了尖子生。这除了奋发
努力之外，最主要的还是善于思考。一是找出学习中的困难与问题，逐个
对症下药。二是研究不同的同学的学习方法，集各家之大成于一体，从而
悟到了学习之道。陈老师的"写字儿，说事儿，解闷儿"以诙谐、幽默的
语言让我明白了教师修炼之道。如果我们在学习中能有所思、有所悟，自
我能力的提升便不会遥远；如果我们在教学中能及时反思、加强改进，便
能事半功倍，教学效率的提升便指日可待。

力学不倦　持之以恒

古人云："聪与敏可恃而不可恃也，若自恃聪敏而不力学者，必自败
也。愚与钝可限而不可限也，若不限愚钝而力学者，必自胜也。"陈老师
敏而力学，坚持不懈。即便是在他已经成为教委主任、博士之后，仍然坚
持学习，这也是陈老师成功的秘诀。陈老师"痴读致诚，持读致精，耻读
致动，炽读致情"的读书之道，相信对我们每位教师、学生都会有所启
发。多年来，陈老师始终有个习惯，那就是坚持每天学习。"向书本学，
向实践学，向他人学，向问题学"正是陈老师坚持学习的写照，道出了教
师专业成长的途径。记得我家孩子上高中时，有一次晚上写英语作文，写
到某句，总觉得语法不对，把握不准。我这个门外汉也帮不上忙，突发奇
想，上微博问一问，也许会有答案呢。没想到问题发出不到十分钟，真有
答案了，儿子的问题得到解决。我再看帮助解决问题的博友，原来就是陈
老师。后来得知，不论多忙，陈老师一直坚持写博文、看博文，也正因如
此，我提出的问题及时得到了答案，陈老师自己学习的同时也帮助了别的

学习者。工作方法几十年如一日，必定会产生工作懈怠，没有成就感。愿我们每个教师都能成为一个有方法、善反思、勇创新、乐学习的教师，成为一名有智慧的教师。

专业追求达"三境"　教师幸福渠自成

——读《教师幸福追求之道》有感

王同娟

　　王国维在《人间词话》说："古今之成大事业、大学问者，必经过三种之境界：'昨夜西风凋碧树。独上高楼，望尽天涯路'。此第一境也。'衣带渐宽终不悔，为伊消得人憔悴。'此第二境也。'众里寻他千百度，蓦然回首，那人却在，灯火阑珊处'。此第三境也。"读陈自鹏老师的《教师幸福追求之道》，感受陈老师在研磨读书之道、教育之道、管理之道、科研之道、传播之道的过程中，以一种从容、豁达的心态逐步到达成功之三境，不断成就着自己，成就着事业，成就着天铁教育。

　　第一境：昨夜西风凋碧树，独上高楼，望尽天涯路。

　　做学问成大事业者，首先要有执着的追求。陈老师幼时不幸，求学时正值"文化大革命"期间，因出身"有问题"，他求学之路坎坷，中途两度辍学。陈老师并没有就此消沉，他"不学凌霄木，不做柔弱苗"，不断坚定自己学习的信心，立志"读书要读出个样子来"。在而后的工作中，陈老师更是无惧太行深处教育之路的曲折与困难，无惧担子之重、处境之艰，不仅读书读出了样子，而且教学教出了样子，管理管出了样子，研究做出了样子。如魏书生先生在序言中所言，陈老师正因"怀自强不息之心"，执着追求，才能"鹏飞万里"，把学习、工作的每一件事都做得有声有色，如舞如歌。

第二境：衣带渐宽终不悔，为伊消得人憔悴。

成大事业、大学问者，必须坚定不移，经过一番辛勤劳动，废寝忘食，孜孜以求，锲而不舍。陈老师便是此中典范。

他不懈读书。幼时读书，几经波折。中师毕业后，陈老师也从未停歇过学习的脚步，48岁博士毕业后仍执着于享受"读书"这一"贵族生活"。他在书中写道："几十年来我放弃了节假日、休息天，一头扎进了书海，如饥似渴，手不释卷，竟然先后读了四个专业——科技英语翻译专业、英语语言文学专业、课程与教学论专业和中国教育史专业，我庆幸自己不仅入了'术'的门，也多少对教育的发生发展有了些许的悟道。读书几十年来，我苦中有乐，乐中有得，无怨无悔。"陈老师读书，做到了"痴、持、耻、炽"。痴读致诚，持读致精，持读致动，炽读致情，这样的毅力，陈老师当属学生之榜样。

他不倦研"道"。1980年，21岁的陈老师只身奔赴太行山，投身天铁教育，这一干就是三十多年。从小学教师做到大学教师，从班主任做到教委主任，角色的不断转换，境界的不断升迁，陈老师始终把"学、做、研"作为工作轴心，边读书、边教书、边管理、边研究。为实现自己的教育理想，为办好"校长专心、教师尽心、学生开心、家长安心、社会放心"的天铁教育，陈老师沉醉于"教育"二字之中，以学为乐，以做为乐，以研为乐，"衣带渐宽终不悔"。这样的努力，陈老师当属师者之楷模。

第三境：众里寻他千百度，蓦然回首，那人却在灯火阑珊处。

在《教师幸福追求之道》中，我们不仅能从陈老师的成长过程中悟到事业成功之道，更为他的思想和成就而折服。陈老师行中有思，思中有悟，笔耕不辍，硕果累累，幸福满满。

做学生，陈老师就学习的四个不同专业结合教育深研细磨：他深修专业英语，把英语语言规律和教学规律总结为至简36点；他研究教育史，带读者纵览"英语百年""教育史观"；他探索教学整体优化体系的构建，提炼出"十优理念"；他研究素质教育，引读者了解"应试弊乱"，更明确了如何坚持"素质领先"……陈老师真正做到了学一样，钻一样，学海畅游中景象万千。

　　做教育，陈老师就自身所处的角色边做边研：他研究班级管理，提出"班级创建"之法、"三生育转"之见；他指出教师专业发展需智力、努力、毅力、神力"四力得兼"，经历心中有经典、言行做模范、研究有创见、影响更深远的"成长四段"；他研究学校管理，创建了"五三四"管理模式，并从管理模式和管理方法入手，总结学校工作如何"布局开篇"，并提出十条策略"妙叩两端"；他用朴实之语道出了教师、校长、教育局长必修的"三项修炼"……陈老师真正做到了干一行，研一行，灯火阑珊处别有洞天。

　　进山、乐山、登山，虽然山路崎岖，陈自鹏老师坚定目标，俯身躬行，经过"千百度"的苦读，探索，钻研与思索，境界不断升迁，从教书匠成长为教育家，寻求到了一条通往教师幸福的道路。我们伴随着陈老师的成长历程，也看到了天铁教育是如何在科学的管理和引领下一步步走向"幸福"，一步步走出一条教育的玄奘之路。读《教师幸福追求之道》，我们能对照自身职业角色，从中获得启迪，有所悟道，并鼓舞和鞭策自己——陈老师之精神、之毅力、之思想、之作为并不是我辈不能为之，而是我们被所谓的忙碌、所谓的繁杂、所谓的"没时间"阻碍了提升自我、追求职业幸福的道路。苏格拉底说："没有经过反省的人生是不值得过的。"依靠智力、知识、思考来维生，担负着人类文化承续重任的我们，有时缺少的恰恰便是对自己教育人生的反思、体悟、提炼和升华。我们需要洗却尘埃，坚定信念，努力做幸福的教师，幸福地做教师，品味做教师的幸福，把"做经师、做人师、做明师、做名师"作为终身目标，寻得我们职业追求的"灯火阑珊处"。

　　　　　　（注：本文荣获中国教育新闻网全国教师暑期阅读优秀征文奖）

有益的探索

人民教育出版社副总编　刘道义

　　20世纪90年代，我有幸与鲍勃·亚当姆森（Bob Adamson）合作编写初中英语（JEFC）和高中英语（SEFC）教学参考书，常一道搞教师培训。鲍勃当时正在香港大学攻读博士学位，专题研究中国英语课程与教材史。他利用每次见面的机会，向我和我的同事了解有关情况，并在人民教育出版社的图书馆查找资料。他不仅完成了博士论文，而且正式出版了一本书，名为《China's English — A History of English in Chinese Education》。当我看到他的赠书时，一方面对他的严谨的治学态度和研究成果深感敬佩，另一方面自己又不禁感到汗颜。我虽身在中国，为多年的教书匠和编书匠，却在英语教育研究方面毫无建树。近几年，我才有较多的时间研究我国基础英语教育史，主编了《基础外语教育发展报告（1978-2008）》以及《新中国中小学教材建设史　英语卷》。

　　今春，正当我组织一些学者用英语撰写《English Language Education in China（1862-2012）》时，陈自鹏老师前来请我为他的书写序。论年龄，他算是一位后生。可是，当我读了他的大作后，深感"后生可畏"有理。他的著作研究的是百年中国中小学英语课程教材教法变革的历史。陈老师是位特级教师，年纪虽轻，却有"自强不息，鹏程万里"之志，选择如此厚重的课题，博览群书，分析思考，独自写出这洋洋大篇实属不易。我很乐意为他这本书作序，这不只是对年轻的学者表示支持，更是向年轻人学习，从年轻人那里汲取活力，同时也从他们的研究中得到启迪，以敦促自己与时俱进，促进自己的研究。

我用了数日翻阅了全书，做了笔记，感触颇多，归纳起来突出的印象有以下几点：

一、资料翔实、珍贵，为后人研究提供了基础

作者以历史唯物主义的态度，做了大量文献梳理和研究的工作。他研读了数百篇专著，做了数十万字的笔记及卡片。因此，在读此书时，好似随着作者得以浏览众多名家的著作。这其中有明末的徐光启、利玛窦，有近现代的严复、蔡元培、费正清、李约翰、张士一、林语堂、林汉达、李儒勉以及王力、吕叔湘、季羡林、张志公、李庭芗、王武军、应云天、王才仁、胡春洞、付克、李良佑、张正东、章兼中、周流溪、胡鉴明等。其中不乏文言文的文章，可见作者的文字功底。

有些史料鲜为人知，因此十分宝贵。例如，早在元、明朝时就开设了外国语学校；还有1931-1937年，心理学家艾伟教授受中华教育文化基金董事会的委托与张士一等合作从事英语研究，对全国九省的71所中学，184个班级8277名高一至高三的学生英语阅读水平进行大规模调查，写成了题为《九省高中英语默读测量》。又如，在英语教育仍处于"摇摆期"的"文革"后期即1972-1976年底，我国先后向英国、法国等49个国家派遣1629名留学生，其中90%以上是学习语言的。本书列举的许多文献将为后人研究提供很好的基础。

二、史料丰富，概括梳理思路清晰，语言流畅，可读性很强

这是一部以1902—2001年为基本时限的英语教育变革史，虽仅集中讨论了中小学英语课程教材教法，实际上涉及到了教育的方方面面，如教师教育、测试评价、教育技术、对外交流，甚至谈到了少数民族教育等。历史时间的跨度很大，实际已超越百年，甚至追溯至汉唐时期，因此史料极

为丰富。如何概括厘清这浩瀚而错综复杂的史实，并且让读者读起来又有兴趣，易于接受，这是个很具挑战性的工作。陈自鹏博士显然是一位睿智的学者，思维缜密，逻辑严密，善于概括，善于总结，表述提纲挈领、言简意赅、通达流畅。

他把全书分为五章十六节。第一章概论，开宗名义地将百年英语变革史按其发展特点划分为七个时期，分别阐述各个时期具有重大历史意义的事件，接下来从社会动因角度对不同历史时期的中小学英语教育的变革进行分析；第二章抓住了课程研究中的核心问题—课程设置、课程目标、课程实施、课程评价等，探讨了不同时期的课程变革情况；第三章则围绕引进、自行编写、合作编写三种英语教材建设方式讨论了教材在各个时期的主要特点及问题；第四章从借鉴—反思—独立探索的视角来研究"舶来"的教法与"本土"的教法；第五章所谓"余论"，恰恰真正体现了本书"论从史出，史论结合"的意图，作者把多年来英语教育与教学中争论不休的学术问题整理成了十大矛盾关系，不仅客观陈述了对立方或相关方不同的观点，也表明了自己的独立见解，并且对英语课程教材教法的改革与发展趋势提出了展望。

由于作者收集了大量的案例，使得原本容易显得干瘪的议论变得生动活泼了。特别是在第四章分析各种教学法时，引用了许多名人幼时学英语的亲身体验和现身说法，别开生面，很有意思。

三、善于聚焦，辩证思考，分析到位，具有较强的说服力

本书"余论"一章所提出的十个关系中的大部分问题的确是英语教育中长期以来让人纠结的问题。陈老师长期居于第一线，对此了如指掌，当然一抓一个准，例如习得与学得、知识与能力、虚拟交际与真实交际等关系。我很认同陈老师运用辩证唯物主义的观点来看待这些问题。他在分析了矛盾的各方作用之后，能够发现双方之间相互的作用，指出"习得与学得在语言学习中重要性都不可忽视"，"知识是基础，能力是目的，真正的语言教学是知识和能力的统一"，"教学中虚拟交际是手段，但要创造真实

的情境，做到虚实结合，相得益彰"。说的在理，很能服人。在对中小学英语课程教材教法改革与发展趋势的思考这一节中，陈老师提出了一系列改革创新的建议，有关课程十个"性"，教材的六个"化"，特别是教法的"四结合"（中外教法结合，传统教法与现代教法结合，结构与功能结合，理论与实践结合），值得同行们共同研究。

　　我与陈自鹏老师过去并不相识，但是，我们恰巧正在做同样的事——承上启下，总结我国中小学英语教育的历史经验，以史为鉴，思考与展望未来。这是一项意义深远的工作。对于我们这个有着悠久历史的国家来说一百年不算长，然而，回顾过去，我们尽管获得了巨大的进步，可是一路走来，跌跌撞撞，进进退退，弯路也走了不少。虽然，中国如今已是世界上的一个外语教育大国，在校学习外语的学生就已近三亿，但还算不上一个外语教育的强国，因为我们的教学质量不够高，总体语言水平偏低，外语语种比较单一。要在我们这样一个经济条件极不平衡的大国探索出一条符合国情的外语教育迅速发展之路，必须靠我们自己孜孜不倦的努力探索。我衷心希望更多的教育工作者，特别是外语教育工作者能分享陈自鹏老师的研究成果，并和我们一起继续探索英语教育迅速发展之路。

（《中国中小学英语课程教材教法百年变革研究》序言）

值得大家一读的三本书

天津师范大学教授　甄德山

　　给弟子们的著作写点什么，如序言、书评等，这不是第一次，但多数是被邀写的。这次给陈自鹏写的三本书（《我做学生——从顽童到博士》《我做教师——从普通教师到特级教师》和《我做管理——从班主任到教委主任》经典博士文丛，线装书局出版2010年8月第一版）写点评论性意见，却有点主动。因为书出之前就知道他要写这方面东西，书出来后认认真真地读了一遍，便觉得有很多话要说。总的印象是很有特色，很有新鲜感，现在有价值，将来亦很有价值。

　　读这三本书，让我感触最深的是：

　　第一，要永远保持一种奋发向上的精神。在我看来，这可能是三本书的主题，做学生做到博士，做中学教师做到特级教师，做天铁集团管教育的"官"做到教委主任，自鹏是登了"三座山"，而且登得很成功！

　　他45岁考入北京师范大学攻读博士学位，师从著名教育史学家王炳照教授。他在那里读书，我不能说出他如何如何辛苦，但有一点可以说，我在岗的时候，曾经看过不少博士学位论文，我敢说有一些论文与硕士论文并没有多少差别，而自鹏的博士论文，是关于基础教育英语课程教材教学法改革史的，单从题目可知是具有开创性的，而且学位论文通过非常顺利。他的特级教师绝不是凭资历评下来的，因为就我所知，他评特级教师时才39岁，是非常年轻的特级教师。而且他不像有些人评上特级教师就吃老本，而是永不停止地奋斗进取。譬如，他评了特级教师不久，就连续编著了对学生学习英语非常有帮助的三本书——《老师帮你记单词》《老师帮你学语法》《高考英语作文六步法及训练》。对他的教委主任这个"官"干得怎么样，我了解得不多，但就我知道的点滴情况可以肯定，他不是那种整天忙于事务的"行政型"官员，而是一个"学者型"主任。他硕士毕业后，就给老师们——他的属下，搭了两个平台。一是每年出一本一事一议的《心得集》，一是两年出一本一题一结的《中小学教育教学成果集》。这两个平台大大激发了教师对自己工作思考研究的热情，改变了传统的教育教学的思路和方法，在师生的共同努力下，天铁的职工子弟90%以上能够进入本科院校学习就不足为奇了。

奋发向上的精神，成就了他的学生，成就了他的事业。不管做什么事情，他总是希望把事情做得更好，学习是这样，做教师是这样，当领导还是这样。这种奋发向上的精神，在三本书中体现得非常明显。正因为有了这种精神，才有了今天的他。

第二，学、做、研有机统一起来，不断提升自己。学生时代，当然要以学为主，但是为什么要学？其实他自小就有一个做教师的"梦"，想着自己将来能够做个教师该有多好。念了师范学校，总想不能误人子弟，应该做个好教师。正是这种理想，努力地学呀学，学完了中师，又自学了大专和大本英语专业——因为这是他从教的学科。很多教师学到这里就认为到头了，自鹏却不，他知道，教师是个双重专业的职业，仅有学科知识是不够的，他又排除万难，学习了教育类的硕士和博士课程，并拿到了学位。可见他是为了职业的需要才学的，做到了"学"与"做"的统一。关于"研"的问题，实际上，他在没有从事教师工作之前，在"学"的过程中，就已经注意"研"了，当然主要是对自己"学"的问题的思考和研究，并且有很多体会见诸报刊。这可以认为是他最早重视"研"的表现。做了教师的自鹏从来就不是像有些人那样傻傻地教书，这时，他非常重视"研"。在读硕、博之前，发表的文章就是很多教师望尘莫及的。正是对

"做"的这种研究，不仅进一步提升了对"做"的兴趣，也促使了进一步"学"的动力。现在，我们通读三本书，不能仅注意他的三件主要的"事"做得如何如何，更应留意他是如何将学、做、研统一起来的，并把握在三者统一过程中所获得的成果。

第三，确立人生"三立"目标，强调发展"四力"齐备。这一点，自鹏在《我做学生》一书的最后结合自己的切身体会有很精彩的总结，值得读者很好地研究和思考。对人生目标他是从品德、功业和言论，即立德、立功和立言三个方面加以表述的。这有一定的新意。过去，在谈论人生目标时，人们往往更多地关注立功，即事业的腾达与发展，自鹏却把立德、立功和立言三者并列，特别是提出立言，这对有一定的知识基础的人群来说很有意义，它把单纯发表点文字东西作为评聘职称或晋级依据等现实的世俗功利诉求变为实现人生价值的一种理想表现，意义更为积极，视野更加宽阔。我赞赏这样的理念与追求。

自鹏在书中提出人的成长与发展要依靠"四力"，即智力、努力、毅力和神力，这是一个创见。"四力说"简明扼要。依我看，一个人只要具备这"四力"，做大事，成大业就蛮有希望。不过，在"四力"中，我更看重的是努力和毅力。自鹏在人生的半路征程中取得的成绩，主要靠的是这"两力"，因为根据我对他的了解，他不是那种顶顶聪明的人，比他聪明的还大有人在，但是很多人并没有像他那样念书念到博士，教书教到"特级"，还做了一个不大不小的"官"，其主要原因是在努力和毅力这"两力"中有缺失，当然还有一个自鹏称之为神力的东西，即机遇没有把握住。

第四，这三本书现在值得读，将来亦有用。自鹏这三本书是写他个人学习成长、工作经历和理论思考的，是从个人的视角反映了他所经历的时代学生的学习、教师的教育、管理者的管理的真实状况，是地地道道三本个体的学生学习学、个体的教师教育学和个体的学校管理学。三本书清楚地表达了一位优秀的教育工作者在学业和事业上是怎样取得成功的。这一点，正是每所学校领导和教师，所有教育学者和专家需要把握和明白的问题。正因为此，我建议从事教育实践与理论研究的同行朋友读一读这三本书。另外，《我做学生》这本书，写得幽默、写得诙谐、写得放松、写得深刻。对学生，特别是高年级学生，其借鉴价值可能不比任何一本学习学低，其中，关于读书的经验、学习外语的经验、自学的经验等，我觉得都可以拿来便用。

我是一位多年从事学校教育和管理理论与实际的研究人员，被人称为专家，自然读了不少书，也写了不少书，但念这些书（包括我自己写的），总有一种空泛乏味，理论色彩太强的感觉。但念自鹏的三本书，感觉的却是有一个活生生的人在眼前跳跃，他把理论与个人的体验与实践紧密结合起来。这勾起我的一种强烈欲望，我们这些人为什么不像书的作者那样写写自己的经历，写写自己对教育、对管理、对学生内心深处的感触和思考呢？

说自鹏的三本书将来亦有用，这是因为我有一个个人体会。记得我刚刚到高等学校工作，与另外一些同事共同承担了一项关于天津市近现代教育思想问题研究的课题。但到天津图书馆等处搜集资料，基本上是一无所获。所以，我不希望历史的"尴尬"重演。我相信，再过50年、100年，自鹏的三本书可能还会派上用场，那时的人们会从中发现更多的有价值的东西。这也是现在的我们的一种期待吧。

（本文原载《天津教育》）

一个山区教师的人生观、幸福观

——有感于陈自鹏的《教师幸福追求之道》

天津教科院教授　王敏勤

陈自鹏是天津铁厂的英语特级教师。他曾从身残志坚、自学成才的张海迪身上得到启发：要直面人生，做生活的强者；要笑对人生，做生活的智者；要挑战人生，做生活的勇者。读完陈老师的叙事体专著《教师幸福追求之道》(人民教育出版社出版)，感觉这恰恰也是他的人生观、幸福观。

一、直面人生，做生活的强者

陈自鹏小我7岁，都是20世纪50年代出生的人。他的经历与我有很多共同之处：他从小离开母亲，我从小母亲去世；我们都在农村长大；他1977年考上中专，我1978年考上大专；他靠自学取得了大专、本科、研究生、博士生学历，我也是靠自学取得了研究生学历。类似的生活经历，使我更加体会到"直面人生"的含义。

所谓"直面人生"是你不得不面对现实，躲都躲不过。有人说：幸福的生活是相似的，不幸的人生各有不同。陈自鹏因为政治原因从小父母离异，他跟着爷爷和父亲长大。我因生活困难，9岁时母亲被饿死，我跟着父亲长大。过去在农村生活，一个没有母亲的家庭比没有父亲的家庭生活更加艰难——缝破补烂，烧火做饭，都是女人的长处，而男人就显得拙手笨脚。我从自己的经历就能体会到当年陈自鹏生活的艰难。

在"以阶级斗争为纲"的年代里，精神的压力大于生活的压力。我因出身"富裕中农"，当时不能入党、不能被推荐上大学；而陈自鹏虽然出身贫农，但由于爷爷和父亲的政治背景，被划到了"可以教育好的子女"里面，我不知道算不算"黑五类子女"。划到这里面的人基本上是入了社会或政治的另册：不能入少先队、不能当红小兵、不能当班干部等等，甚至亲戚的孩子也会受到牵连。这种政治的歧视对一个人的打击大于生活的艰辛。

如果不是恢复高考，陈老师还是在农村劳动，我也还在农村当民办教师。在当时考入大学和中专是一样的，在农村人看来都是"当了工人，吃上了国家粮"。但陈老师并没有满足于吃"国家粮"，他靠着自己的刻苦努力自学成才，陆续获得了大学和博士的学历。我也是大专毕业后自学英语和教育学，考上了山东师范大学的研究生。陈老师自学的艰难和勇往直前的精神值得我敬佩。

对于小时候的经历，我曾经用"不堪回首"来形容。所以，对于"直面人生"这四个字，我有着更为深切的体会。一个人不能选择生在哪里，长在哪里，唯一能够做到的就是自强。不被困难吓倒，在艰难的生活中勇往直前。陈自鹏本来生活在农村，希望到城市生活，但他毕业时却选择了到大山深处的天津铁厂工作。交通不便，生活闭塞，这对一个年轻人来说无疑是很大的挑战。但陈自鹏明知大山苦，偏往深山走。他有很多离开大山的机会，但都放弃了，一干就是几十年，把自己的青春献给了大山深处的孩子们，可以说他是真正的生活强者。他在书中对童年生活的总结是："生于忧患知道生活艰辛，生于忧患才能信念坚定，生于忧患才会奋发图强，这恐怕是幼年生活给我最有价值的教育。"

二、笑对人生，做生活的智者

如果说"直面人生"是一种无奈之举，而"笑对人生"不仅需要勇气，更显示了对人生的一种态度、一种智慧、一种胸怀。自古以来，谁不愿意生在帝王将相家，吃穿无忧，前途无虑。但同样生活在困苦之中，不同的人有着的不同的态度和行动，也就有着不同的结果。有的人怨天尤人，总是埋怨自己的命不好，消极者有之，自绝者有之。陈自鹏不但在艰难的农村生活中找到乐趣，他在工作中也能找到乐趣。上世纪八九十年代，很多人不愿意干教师，想办法跳出教师岗位，而陈自鹏却乐此不疲。他说："30多年，没有过够做教师的瘾。"他找到了很多做教师的好处：做教师有感动，可以传道、授业、解惑，受到学生乃至社会的广泛尊重；做教师有感情，天天面对的是一个个满怀憧憬、满怀理想、满怀希望、有着鲜活生命的人；做教师可以静心读书、读有所悟、读有所得、读有所获、别有洞天。

其实对于幸福，每个人的理解是不一样的。在很大程度上，幸福不是一种绝对的生活标准，"端起碗来吃肉，放下筷子骂娘"就不会幸福。幸福往往是一种自我满足感。

我曾在一所学校办学特色开题会上阐释过我对幸福的理解。作为教师，幸福感主要体现在如下几个方面：工作中的成就感、业余时间的充实感、身心健康的愉悦感、被他人关怀的亲切感。

1. 工作中的成就感

作为教师不忙碌没有压力是不可能的。对于繁忙的教育教学工作，很重要的是要有一种成就感，这种幸福更为深厚、更为凝重，是一种更高境界和更高质量的幸福。

成就感首先源于明确的奋斗目标。当目标达成后就会感到幸福。如同亚洲飞人刘翔的跨栏比赛，在千辛万苦后获得世界冠军，他会高兴地在田径场上呐喊奔跑；如同中国女排参加比赛，在奋力拼搏后获得世界冠军，她们会激动得抱头痛哭，甚至把教练高举起来。此时的幸福，是任何悠闲自得的人所体会不到的。

成就感不仅是目标的实现，还与别人的激励、赞赏、肯定分不开。不仅学生需要表扬，教师也需要鼓励。学校领导对教师及时鼓励，使其优点越来越多，长处越来越长，短处就会越来越短，缺点就会越来越少。对优点的肯定就是对缺点的否定。

2. 业余时间的充实感

人在忙碌的时候如同绷紧的一张弓，在闲暇时间就要放松。但在工作之余睡觉未必就是幸福，人们希望自己的生活更丰富多彩，更充实。有的学校不仅有学生社团，也有教师社团，教师有自己的书画社、棋社、健身房，这种健身和娱乐不仅是放松，更主要的是充实。这种充实与正常的工作和学习还不一样，劳累度和紧张度不同，有一种享受的感觉。有一种在工作之外的另样的新鲜感。

3. 身心健康的愉悦感

首先是身体的健康，只有躺在病床上的人才体会到健康的幸福，在某种情况下人们会说：我愿意放弃所有的职务职称和荣誉，我愿意放弃终生劳动所得的一切财富，只要还给我一个健康的身体。所以，如何保证身体的健康是幸福的前提。

心理的健康也很重要，工作有了成就、身体健康无病，但未必幸福，因为幸福是一种感觉，如果心理不健康就找不到这种感觉。实际上心理健康也包括了正确的人生价值观，高品位的审美观，人际关系中正常的交流与合作等。

4. 被他人关怀的亲切感

一个有后顾之忧的人说什么也幸福不起来。整天忙忙碌碌，有些事情是个人难以解决的。特别是教师，如果学校能够力所能及地为他们解除一些后顾之忧，教师们会很感激学校，他们的生活会相对幸福。有些事如孩子上幼儿园、上小学、有病住院等，作为有几百名教职工的学校这是小事，但作为教师本人这就是大事。有时候"家比天大"，学校如能力所能及地帮助教师解除后顾之忧，教师就有安全感、幸福感。

三、挑战人生，做生活的勇者

陈自鹏在书中说："人生如攀登险山，懦者却步、举足维艰，勇者无惧、披荆斩棘、步步都是胆。"这也正是他的人生写照。与陈老师有着相似的经历，我曾经教过小学、初中、高中、专科、研究生，当过中小学校长、大学教务处长、教育科学研究所的所长；陈老师也是从当教师当班主任开始，做中学的教务处主任、校长，教委主任，党委书记。可以说每一步都是一种挑战，都是一种攀登。每一步的攀登，都要付出艰辛的劳动。如他参加自学考试，从千里之外的太行山到天津参加考试，他拿到本科毕业证后又参加研究生学习，每一次奋斗都会付出很多代价。人在年轻的时候就应该拼搏一下，当你回首往事的时候，不会因为自己虚度年华而后悔。常言说：人生就是几大步。我回首自己的大半生，也就是四大步：在农村干了6年的民办教师，在山东滨州师专学习和工作6年，在济南的高校学习和工作了16年，在天津教科院又工作生活了16年。每一步的攀登都要付出代价。陈自鹏虽然一直工作在太行山深处，但他的思想和眼界在不断地探索，他不想走出大山辜负那些家长和孩子们的期望，但他也不会因为大山的闭塞而故步自封，他要让自己的思想赶上时代的潮流。可以说，他工作的几十年就是奋斗的几十年。他一刻不停地在攀登。即使他已经功成名就，他也没有闲着，依然在不断地著书立说。

读了该书，不仅陈老师的人生观、幸福观会对我们有所启发，大家还会在他的书中学到很多东西：

如果你是一个教育局长，你会从书中学到一种高效的学校管理模式："五三四管理模式"即五定（人定岗、岗定责、责定绩、绩定分、分定奖）、三管（目标管理、过程管理、考核管理）、四有（有章可循、有序可循、有法可取、有效可鉴）。

如果你是一个校长，你会从书中学到富有哲思的"五个三"的管理经验：三政（勤政、廉政、智政）、三建（队伍建设、设施建设、机制建设）、三看（看上、看己、看下）、三控（控首、控中、控尾）、三思（思前、思今、思后）。

如果你是一个青年教师，你会从书中学到十个方面的教学技巧：谋（谋划）、说（讲述）、读（朗读）、写（板书）、画（板画）、演（演艺）、问（发问）、评（评价）、导（引导）、控（控制）。

如果你是一个英语教师，你会从书中学到非常实用的"情境教学法"：设立语言环境——投入语言环境。还会学到英语语言规律和教学规律：一（明确一个目标）、二（发挥两个作用）、三（关注三个路子）、四（培养四个意识）、五（掌握五个技巧）、六（突破六个关口）、七（做实七个环节）、八（理清八个关系）。

　　如果你是一个自学者，你会从书中学到自学者必备的七种能力：观察能力、阅读能力、思维能力、记忆能力、复习能力、积累能力、应用能力。

　　如果你是一个教育史研究者，你会从书中看到一幅中国历代人才选拔制度和考试制度的变化的图景以及一部波澜壮阔、曲折多舛的中国中小学英语课程教材教法百年变革史，并且能够从历史的钩沉中剖析现在、思考未来。

　　总之，陈老师的专著是他几十年的生活和工作的回顾和总结，有叙事、有议论、有抒情、有感悟，需要细细品读才能体会到文中的妙处。我的文章只能算是一篇读书心得，不对的地方还请大家指正。

（本文原载《天津教育》）

教育者最应懂得和创造幸福

中国人民大学教授　程方平

　　42年的教育工作和35年的教育研究经历告诉我，教育是值得终身托付的重要事业，从其中获得的幸福是任何权钱名利不可与之相比的。任何一位普通教师在其教育生涯中都能多次感受到属于自己和教育从业者的特殊幸福，这是其他任何行业都无缘或很难感受到的。

　　看到自鹏新书《教师幸福追求之道》的封面上有一段话："教师是否幸福，于个人是一种感受，更是一种体会。教师是否幸福，于职业则是一种态度、一种精神、一种义务、一种责任。因为道理很简单，一个做教师的人自身都不幸福，又怎么让自己的学生幸福呢？怎么让他们相信从事教育和接受教育能使人获得幸福呢？所以归根到底，教师的幸福不是别的，就是在自己的学习、工作、思考、研究、传播、交流和些许的成就中获得满足和快乐。"对此我很认同，也更能体会在这段文字之中蕴含了自鹏在学养、阅历、胆识、魄力、才华、品行、情感等方面的过人和可贵之处。

　　同为学教育史的学者，和自鹏一样，我们的发展多受惠于历史和教育这一人类最有积淀和智慧的综合学科。因为历史和教育的素养首先能帮助人们准确、客观地认识自我，继而能帮助人们较好地实现自己追求的梦想。

　　记得前不久翻看有关清末文人纪晓岚的书，里面有两则故事与"幸福"很有关联：一则是，纪晓岚曾经向乾隆皇帝推荐同乡布衣栗孔昭的文章，道德均在其上，使得乾隆急切要招栗进京。而当时正在病中的栗孔昭因不知何故被召，又因听闻"文字狱"之事，恐己平时诗文触怒朝廷，结果病上加疑，愈发严重，不久就病逝了；另一则是，官员被贬本是很凄凉懊丧的事，而当一位被贬高官请纪晓岚书联留念时，纪晓岚却智慧地用"谪居犹得住蓬莱"暗示其脱离宦海沉浮的惊涛恶浪，是可乐得自在平安的好事。联想到宋代大儒苏东坡虽屡遭贬谪放逐，但每有大作问世、每有功业名垂青史。可见，福祸相倚、否泰相继，当事者即便面对残酷的现实，也会因不同的判断和态度引发出截然不同的效果。在过去这叫智慧、觉悟或见识，在今天则叫"积极心理"。至于积极心理是如何养成的，我认为除了善于读书、善于思考之外，还要主动、心平气和地去应对各种困难和挑战，将历练甚至是苦难当作幸运之神的眷顾。正所谓"宝剑锋自磨砺出""不经历风雨难得见彩虹"，其中的道理和奥秘前贤早有明示。

学教育和当老师的人，应该有一个很重要的行业或职业的能力或优势。就是相比较而言，更懂得学习、更善于学习。这里讲的学习不是只会读书、写文章、获得学历、著书立说，也不是照本宣科地让学生记背知识，对书本顶礼膜拜，将许多探索过程中的认识误认为是不能质疑的真理。著名史学家司马迁在2000多年前为自己确立的学习目标是"究天人之际，通古今之变，成一家之言"。前两句讲的是要真正明晓自然界和人类社会的发展规律，既包括熟悉经典著作和前人的真知灼见，也包括要洞明世事、练达人情、知行并进。在此"究"和"通"的基础上成就的"一家之言"，才会真有价值，既有利于自身，也有益于社会和人类。历来人们都为司马迁的苦难经历而感到难过和心痛，但我觉得司马迁自己是有无限的成就感和幸福感的。

从本书和自鹏的其他著述中可以感受到，自鹏是一位很善于反思和学习的教育工作者，他的成功、他的幸福感、他的豁达、他的高远志向和他的处世之道也都因此而得到丰富和随时的滋养。令我惊异的是，在自鹏的书中，他能清清楚楚、如数家珍般地记录众多父兄师友在他困难时对他无私的扶持和帮助，这是非常难能可贵的。在不断的感恩中，他也为自己的发展铺就了"天助自助者"和"一步一莲花"的幸福之路。

这告诉我们一个道理,真正的幸福,尤其是教育者的幸福,不是用金钱、地位和功利可以衡量的,而是由人的精神追求做根本支撑的。这种支撑需要人们首先对自己、对社会、对生活、对他人、对追求的目的有真诚的了解和深入的思考,对人生有积极的态度和主动的精神,而人类的教育遗产和历史经验可以使我们在真实的学习、工作和生活中左右逢源。

我们今天的教育、今天的教师教育总是过多地关注和计较分数及所谓的绩效,却很少传递给学生、教师如何判断和感受幸福的真谛。自鹏在自己的发展和各级各类的教育工作中以身示范、真诚交流,传递的是最为宝贵的精神成长之道,揭示了教人成长、助人成功、体验幸福的根本。使看似平常、乏味、易生倦怠的学习、教学、研究、实验、管理、传播等工作或任务,都成为能滋生幸福、创造幸福、体验和享受幸福的过程。其"化己""化人""化事""化学问""化苦难"之功夫可谓道明技精、炉火纯青,令人敬佩。

作为教师,幸福的感受与获得是有行业特点的。不仅与教师对事业的认同、对工作的要求、对生活的梦想等外部动机有关;也与对自己的认知、对专业的兴趣、对自主自由探索的渴望、对学生成才的成功感受等内部动机有关。可见,在内外动机的诸多支点上,教师都可以,并有条件体验和创造幸福。只要这两方面的动机被唤起或激活,且保持积极的状态,则不管是正向激励或鼓舞,还是反向挑战或磨难,都能成为促进其不断成功的动力和资源,并同时不断提升其幸福感。在本书中,有许多鲜活的实例和独特的做法都表明,自鹏的突出成就和精辟见解,都源于他对理想和信念的坚守,源于他积极的人生态度,而非一味地怨天尤人或消极地等待幸运之神的眷顾。所以,逆也好、顺也好、苦也好、乐也好,在自鹏的工作与生活里都可以转化和体验为幸福,并越发知道如何惜福、种福、送福和感恩,通过福慧双修达到理想的境界。自鹏很懂得人们对幸福的真实把握不在外求,也不仅仅在于"五福(据《尚书·洪范》:一曰寿,二曰富,三曰康宁,四曰攸好德,五曰考终命)"的获得,而更在于对自己的把握,

227

使自身价值得到体现。

　　近年来，在教师培养和教师发展的各种议论中，人们开始有意识地探讨教师幸福感的问题。这是一种非常好的自觉，也是教师教育关注教师精神成长的重要表现。过去我们常把教师比喻成"红烛""人梯"，虽然凸显了教师的奉献和忘我精神，但却很少去发掘和揭示由此能生发的自我价值和幸福感。自鹏用朴实无华、真真切切的许多故事和案例，为我们生动、清晰地描述和解读了何为教师幸福以及教师幸福的追求之道，其中有不少耐人寻味的真知灼见。笔者认为，这样的内容是在当下的教师培养和教师发展中最重要和最基础的。有了幸福感和懂得如何创造幸福的教师，不仅能在教育教学工作中德、才、学、识并茂，也能在自身的发展和生活中充满积极丰富的正能量。

（原载《中华读书报》2017年03月22日）

朱永新：鹏自山中来

——陈自鹏《教师幸福追求之道》序言

今年5月，天津的陈自鹏老师发来了他的著作《教师幸福追求之道——从大山深处走来的一位特级教师的专业成长叙事》，希望我为他写个序言。

说句实在话，近年来浪得虚名，求序者日众，不得不通过"拖延"的战术拒绝许多约稿与求序。何况当时我的确正全力以赴准备新教育年会的主报告。

这一搁，就是三个月的时间。

但是，陈自鹏老师总是说，不急，我等。

等到我自己也不好意思了。7月新教育年会结束以后，决定找时间看看他的书稿。读着读着，我从文字中看见一个从小父母由于政治原因离异的孩子，硬是靠着自己的坚韧不拔，走出深山，读了博士，专注于教育，成为特级教师，当上教委主任……果然不简单。

鹏者，鸟之王也。《庄子·逍遥游》说："鲲之大，不知其几千里也，化而为鸟，其名为鹏。"古时记载奇闻逸事的书籍《齐谐》云："鹏之徙於南溟，水击三千里，抟扶摇而上九万里。"而东方朔的《神异经》里描述的大鸟"希有"，也就是鹏鸟的别称："昆仑之山有铜柱焉，其高入天，所谓'天柱'也，围三千里，周圆如削。——上有大鸟，名曰希有，南向，张左翼覆东王公，右翼覆西王母；背上小处无羽，一万九千里，西王母岁登翼上，会东王公也。"可见，来自昆仑山的大鹏，能量超群。

传说中，鹏自山中来。来自太行山的陈自鹏，也是气度不凡，能量超群。

1980年，师范毕业的他进了大山，成为天铁集团的一位普通教师。进山以后，他开始了长达30年的登山之路。

做学生，他勤奋苦读，先后攻读了大专、本科、硕士和博士学位，从科技英语翻译专业、英语语言文学专业、课程与教学论专业，一直读到中国教育史专业。

做教师，他享受教育，不知疲倦，努力成为师德的表率、育人的模范、教学的专家、教研的能手、教改的先锋，成长为特级教师。

做管理，他登高望远，不断创新，班主任、校长、教委主任，每个角色都异常出彩，使得天铁这个远离繁华都市的区域教育声名远扬。

进山以后，陈自鹏深深地爱上了这座山，这座抚育他成长的大山。而他，也用自己的智慧反哺着这座山。他在这里"默默耕耘，学有所得，做有所成，研有所悟"，他在这里"幸福地学习着，幸福地工作着，幸福地思考着，幸福地研究着，幸福地传播着，幸福地成就着"。

正如这本书的书名《教师幸福追求之道》，无疑，陈自鹏是现身说法，用自己成长的故事讲述教育幸福的源泉。

"过一种幸福完整的教育生活"是新教育实验的核心理念和价值追求。我也曾经写过一首题为《享受教育》的小诗来解释我们对于幸福的认识。其中有这样几句：

享受教育，你就多了一双发现的眼睛

每一个孩子的潜能就会激情迸射

每一个孩子的个性就会轻舞飞扬

而你，也就如同插上了飞翔的翅膀

享受教育，你就多了一份快乐的心情

你会把每一个挫折看成是考验

你会把每一种困难看成是磨炼

你时时刻刻都会听到花开的声音

享受教育，你就多了一股创造的激情

你会把每一堂课精彩地演绎

你会把每一句话精心地锻造

你会把校园变成追求卓越的教育梦工场

享受教育，你就多了一种生活的诗意

你能从平凡中品位出伟大，从失败中咀嚼出成就

你能读懂每一个孩子的脸庞，走进每一个孩子的心房

你会惊奇地发现：幸福从此熙熙攘攘

　　陈自鹏的进山、登山、乐山之路，其实也是我们每位教师的人生之路。既然我们选择了教师这个职业，我们进了教育这个山门，我们就要努力攀登，不懈追求，扎根教室，书写自己生命的传奇。

　　伴随着我们攀登的历程，是艰辛，更是幸福；是挑战，更是享受。鹏自山中来。能力在攀登中提升，力量在攀登中爆发，幸福也在攀登中创造。

　　这就是陈自鹏给我们的启示。

　　（本文系著名教育家朱永新为《教师幸福追求之道》一书作的序言，原载《新教师》）

我读《教师幸福追求之道》

魏书生

　　我多次到天铁教委学习，因为我愿意听陈自鹏老师谈天说地、谈道论术。他谈教育、谈学生、谈同志、谈下属、谈领导，全是谈人家的长处、优点。即使谈学习、工作和生活中的困难，他也谈别人怎样帮他用各种各样有趣、有效的方法去战胜，谈自己怎样在战胜困难的过程中增长了智慧，增强了能力，增强了幸福感。他常说自己是一个幸运的人、幸福的人。

　　和自鹏在一起，我能感觉到，幸福感是从他心底流淌出来的，流溢在他开阔的眉宇间，流溢在他温暖的目光中，流溢在他微微向上的嘴角上。他凝神思考的时候，也使人感觉他是处在一种从容思考的状态，和他在一起，我的幸福感也不知不觉增强了。

　　他42岁任天铁教委主任，45岁考取北师大博士研究生，还要为硕士研究生班的学生讲课，真正是边读书、边教书、边管理。事务千头万绪，自鹏化繁为简，游刃有余，硕果累累、幸福满满：作为学生，他的博士论文《中国中小学英语课程教材教法百年变革研究》在光明日报出版社出版。我国英语教育资深专家、人民教育出版社副总编刘道义先生为该书作序，对论文给予极高评价；作为教师，他追求特级教师境界，后来又以中学特级教师积累的理论功底与实践经验，把各类教育讲座讲得充满魅力，大家对他的讲座心向往之；作为主任，他带领天铁各中、小学校长们、老师们同心协力，使得天铁教育的"幸福指数"不断提高：在天铁，没有重点校，没有择校择班，幼儿和儿童全部就近入园、入学；学前三年入园率、保持率100%；小学适龄儿童入学率、保持率100%；初中保持率、毕业率100%；高中毕业率100%，本科上线率100%。

自鹏读书、教书、管理时间之长、劳动量之大是中国教师中极少有的：

读书，他从6岁读到今天，读过小学、初中、中师、电大、自考、硕士、博士，48岁博士毕业，这40多年要听多少课、看多少教材、做多少训练、写多少作业、参加多少考试？

教书，他从21岁教到现在，教过小学、初中、高中、电大、成人本科、硕士课程班，这30多年他要了解多少学生、面对多少提问、做过多少家访、写过多少教案？

管理，他从24岁做班主任管到今天，他当过教务主任、副校长、校长、教研室主任、教委副主任、教委主任兼党委书记，这30多年要调节多少冲突、平衡多少矛盾、缓解多少压力、接待多少上访、制定多少制度、参加多少会议、处理多少文件？

我常常听到有的学生说学习又苦又累，听到有的教师说教书又苦又累，听到有的干部说管理又苦又累，而自鹏是集三件事于一身，我却从未听他说过累，更没听他诉过苦，看到的总是他忙碌幸福的表情，听到的总是讲自己如何幸运、幸福。

我特别想详细了解自鹏幸福的根源。3月6日，自鹏将他的《教师幸福追求之道》书稿从网上发来，让我写个序，规定我在15日内交稿，我感觉很幸运，立即读书稿。这十几天，我一边在北京、山东、江苏、贵州、河南讲课，一边读自鹏的书稿，一边从书中汲取着幸福感，感觉自鹏幸福的原因有很多，但我不能写多了，耽误读者的时间，就简单谈对我影响最深的三条吧。

第一，常怀友善感恩之心。听自鹏讲得最多的就是自己幸运，一直很幸运，乍一看他能成为博士、特级教师、教委主任，一帆风顺，确实幸运。细一读，才发现，他成长的路上同所有的学生、教师、干部一样充满艰辛。不到1岁时由于政治原因父母被迫离散，10岁时他最深爱的爷爷急病骤逝，11岁、15岁两次因"出身不好"被迫辍学，在如此艰难的境遇中自鹏最可贵的是他自幼用一颗友善感恩之心，去发现不幸中的幸运：母爱没有了，幸亏还有父爱，于是加倍珍惜，感恩父亲；爷爷走了，幸亏还有爷爷教给他的那些诗书古训，感恩爷爷留下的精神遗产，于是加倍努力继承，以告慰爷爷的在天之灵；被迫辍学了，幸亏自己还有书籍课本，于是更加勤奋地自学，感恩社会创造了自学考试的机会。一个常怀友善感恩之心的人就容易对他人、对环境满意，当然就会更多地发现生活中的幸运。即使遇到不幸，也能找到不幸之万幸，于是倍加珍惜，自己的幸福感当然就比那些身在福中不知福的人不知强了多少倍。

第二，常怀自强不息之心。无论读书、教书，无论顺境逆境，无论酷暑严冬，自鹏想的首先都是自己要坚强，要尽到自己的责任，要使自己的能力更强，智力更强，体力更强。综合实力越强，学习工作效率越高，幸福感自然就越强。他把人生上下进退、起伏兴衰、荣辱得失都当成自己扎根的土壤，从中汲取自强的营养。幸福既可外求，亦可内取。当努力方向是内取的时候，就把对不如意的环境发牢骚、放怨气、懒散拖拉的时间全用来自强不息，用来激发自身观察、理解、记忆、思维的潜能，每个人自身的潜能得到激发、开发、利用的时候，就会产生自豪感、幸福感。

第三，常怀鹏飞万里之心。自鹏的心理空间极大，跟他谈心、谈后进生的转变，他能以宏观的角度分析社会、政治、文化、经济、家庭、亲朋对孩子的影响，同时从生理、心理、神经、细胞等微观的角度找方法。又如谈均衡发展，他从自然、社会、政治、经济、历史、地理、企业特点、职工心理、国外多种做法、专家们各种观点、学校特点、学生实际等多种角度分析这一问题的来龙去脉，讲得入情入理。一下子把握了事情的本质规律，于是他能把天铁教育均衡发展这项工作的节奏把握得恰到好处，受到学生家长的高度赞扬。常怀鹏飞万里之心的人，心灵世界广阔又活跃，自然容易看清事物的本质规律，对不可为之事看得开、想得透、出得来、放得下；对本职份内之事拿得起、进得去、想得深、干得实。先谋道，再谋术，与道同行，乐在其中。一个心灵世界广阔的人，自然就是一个幸福的人。

一部作品问世之后，它所产生的社会影响，是不以作者的意志为转移的，当然更不以作序者的意志为转移。我所感悟到的自鹏幸福的三个原因，只是个人抛出的一块砖，盼望更多的学生、教师、干部来读这本书，从中发现更多的玉，发现更多的读书、教书、管理的幸福之道，从中找到更适合您自己的幸福之道，从而在您今后的平平常常的日子里，在自己平平凡凡的岗位上，把一件平平淡淡的事情干得有滋有味、有声有色、从从容容、快快乐乐、如诗如画、如舞如歌。在为自己为亲人为祖国为人民尽到责任的同时，更多更深地享受到生存的幸福。

（本文系著名教育家魏书生为《教师幸福追求之道》一书作的序言）

参考文献

[1] 陈自鹏·作家情事 [M]. 北京：中国文联出版社，2017.

[2] 陈自鹏·教师幸福追求之道 [M]. 北京：人民教育出版社，2017.

[3] 陈自鹏·中国中小学英语课程教材教法百年变革研究 [M]. 北京：光明日报出版社，2012.

[4] 陈自鹏·我做学生——从顽童到博士 [M]. 北京：线装书局出版社，2010.

[5] 陈自鹏·我做教师——从普通教师到特级教师 [M]. 北京：线装书局出版社，2010.

[6] 陈自鹏·我做管理——从班主任到教委主任 [M]. 北京：线装书局出版社，2010.

[7] 陈自鹏·学校教育100课 [M]. 桂林：广西师大出版社，2018.